你还不来，我怎敢老去

禹鼎侯 / 颜夕溪　著

北方文艺出版社

图书在版编目（CIP）数据

你还不来，我怎敢老去 / 禹鼎侯，颜夕溪著 . -- 哈尔滨：北方文艺出版社，2019.3

ISBN 978-7-5317-4294-4

Ⅰ . ①你… Ⅱ . ①禹… ②颜… Ⅲ . ①散文集 - 中国 - 当代 Ⅳ . ① I267

中国版本图书馆 CIP 数据核字 (2018) 第 114098 号

你还不来，我怎敢老去

Nihai Bulai Wo Zengan Laoqu

作　者 / 禹鼎侯　颜夕溪

责任编辑 / 王　丹　金　宇

装帧设计 / 张　旺

出版发行 / 北方文艺出版社

邮　编 / 150080

地　址 / 哈尔滨市南岗区林兴街 3 号

网　址 / www.bfwy.com

经　销 / 新华书店

发行电话 /（0451）85951921 85951915

印　刷 / 三河市华晨印务有限公司

字　数 / 131 千

版　次 / 2019 年 3 月第 1 版

开　本 / 660mm × 960mm　1 / 16

印　张 / 15.25

印　次 / 2019 年 3 月第 1 次印刷

书　号 / ISBN 978-7-5317-4294-4

定　价 / 43.80 元

目　录 | CONTENTS

禹鼎侯作品

颜夕溪作品

禹鼎侯作品

季秋之月，鞠有黄华

每年秋末，上海大学校园内一片繁花锦簇，金黄黄、银灿灿的，有时夹杂着红焰似火，有时素白如雪。在教学楼前，泮池湖畔，茫茫连成一片花海，吸引无数人慕名驻足。这个沿袭了许多年的菊花文化节，就像武汉大学的樱花节、天津大学的海棠花节、华南农大的紫荆花节，也被深深打上了上海大学的烙印，成为这所名校历史文化的一部分。

我大学毕业后直接到了上海，至今已有三年，因为地利的关系，上海大学的菊花节便去了两次。前后两年，一样的时间，一样的地点，一样下着朦胧细雨，一样的同伴，却仍能依稀看出时光流逝的影子。

第一次看菊展，此时回想起来，倒颇有几分传奇的意味。那时我仍在打理一个网上的文学社团，因此结识了一大批志趣相投的文学好友，彼此交流得多了，便有几分家人般的亲切，于是或多或少也有些线下互动。在我的力促之下，颦儿与颜夕溪一呼即应。

因不是第一次见面，彼此倒也熟络，徜徉于菊花海洋之间，有的似孔雀开屏，有的似蜗牛漫步，更有壶倾花漫，巨象啸天……我们忙着拍照，不断地说着那些在网络上说了无数次的话题，说起我们熟悉的人、深爱着的文字，一股温暖溢满心间。虽然聚首匆匆，却定格成了最美好的时光。

到今年再去的时候，身边少了颦儿，却多了梦梦。唯一不变的人是颜夕溪，只不过从去年的刚刚熟识，如今已成为牵手相伴的人生伴侣。而我自然也跳脱出文学社团之外，成为地地道道的“自由人”。时光如妍，岁月轻梳，很多人很多事就在这样的不经意间发生了微妙变化，这人生的感慨际遇，悲欢跌宕，谁又能说得清呢？

和女友及梦梦去上海大学看菊展的时候，细微的秋雨已经停了。

远远看去，图书馆前大理石铺成的地板上，密密麻麻各色菊花连成一片，组成各种图案。近前细看，红黄白紫各色的菊花散发着馥郁芬芳，有绒球一般的细丝，上面沾染着红的艳，彼此挤成一团，如果它们也有自己的声音和语言，此时定在窃窃私语，时不时发出银铃般的笑声，当然也有的一瓣一瓣开得很老实，它们把黄色和白色融进时光，铺成生命的底色……近观也有近观的妙处。虽然人工堆砌的因素太多，却正因为这样的精心设计，显出一种别样的柔性美。

纯粹的野生菊我也见过不少。小时候在屋后的山岭间，便生长着稀稀疏疏的菊花，一到秋天，漫山遍野的金黄色，像是点缀在山河画卷上的精美图案。大约四年级的时候，老师曾以菊为题让我们写作文，因此，我有了近距离认真去观赏菊的特别之处的机会。那时节万物渐凋，病树枯叶落了一地，那些往日葱茏的植物也过了最为繁盛的阶段，寒冷秋风中，这些菊花恐怕是唯一俏立的花卉。老家的菊花虽不及上海大学品种繁多，也没有其妖娆多姿，却因为生长在山间，多了一分坚忍，即便没有观众，仍独有一份孤芳自赏的傲气与品质。

那次我的作品得了班级最高分，不知是因为菊花让我的文字变得鲜活了，还是它那种孤高的气质感染到了我，此后每每提笔，总感觉有一种与菊花共通的气韵在笔端流淌。直到多年以后开始写小说，这股气韵逐渐内化成文字的一部分，即便风刀霜剑，事易变幻，我却从来没想过放弃。

大二那年，在室友的力邀下，一起到龙湖公园游玩，又见到了菊花。穿过灯光隧道，往西边走到花溪烟雨亭，便能看到大片大片的菊花，沿石板路铺了长长一条，一直到浣花溪桥左近，一眼望不到头，在凛冽的秋风中，开得顽强而茂盛。花色多以白色和黄色为主，在路边不起眼的地方，也有零星点缀着的红色花瓣。在无数菊花组成的花海里，每一朵菊花仿佛都是不起眼的一分子，它们是如此普通，普通到让人完全记不起有什么特别之处。然而便是这些不起眼的小小花瓣，彼此汇集在一起，组成了这难得一见的秋日奇景。

我不禁想到了小说的写作。每一篇好的小说，或大气磅礴，或奇谲百变，或缠绵悱恻，抑或厚重深沉，不管它诉说的是什么故事，表达的是什么思想，它都是由一个一个简单的汉字排列组合而成，在不同的场景下，表达的便是不同的意思，这样看来，汉字的命运与这些菊花何其相似。

我把这个想法说给室友听，室友听后说："我看你是小说写得走火入魔了。"不疯魔不成佛，或许，我现在所差的就是如菊花一般高远与寥廓的境界格局。

后来几年都没怎么见过菊花。当我渐渐忘记菊花的模样的时候，写作的路却越来越开阔。2012 年年初，在朋友的介绍下加入了一个网络文学社团，在里面认识了许多同样喜爱写作的人，彼此说笑吵闹，交流纵论，纯粹而快乐。后来机缘巧合，竟成了该社团的核心掌舵人，几经起落的风雨飘摇，坎坷低谷的共同坚守，唯一不变的是一颗初心。后来无数次回想，才发现这股坚忍与不妥协，似乎在菊花身上，得到了完美的阐释。

去年和女友还有犟儿一起去上海大学赏菊的时候，彼此交谈的话题还多是社团里的故事，然则短短一年过去，似乎眨眼之间，一切都变得有些不同了，不仅身边人的身份变了，就连交流的话题也不同了。当时，犟儿曾问我：会不会想过有一天离开社团？当时不置可否，现在想来，坚守这东西，也是要看心境的。原来自己一直舍不得放弃的只有写作，而并不是社团。

就如现在来说，当年同一批写作打拼的人，因为生活或工作上的其他原因，渐渐地淡了心思，有些当年曾写得一手锦绣华章的朋友甚至没有了提笔的欲望。时光最能消磨人，能够在这条路上坚持走下去，或许真的不容易，就像这些菊花，纵然在最美的时节把最好的一面留给了世人，然而花期一过终究还是会凋零枯萎。

女友颜夕溪也经常在我跟前感叹一起写文交流的人如今越来越少了，对此我也唯有感叹而已。然而我始终相信文道不孤，就好比菊花，虽然难免凋谢，但谁也不能阻止它来年的繁华。

古人多喜欢以菊花入诗。陶渊明就曾有“怀此贞秀姿，卓为霜下杰”的句子，梅尧臣更是写过“零落黄金蕊，虽枯不改香”的铿锵字句，更不论元稹“不是花中偏爱菊，此花开尽更无花”等脍炙人口的名言佳作了。如此看来，菊花有着某种托物言志的意思在里面。它的孤标亮节、高雅傲霜果然也不是当前物欲横流、高速发展的社会所能认可的，因此更多了几分高寒与孤寂。

从上海大学出来，女友坚持按照约定要一起写一篇关于菊展的同题文章，当时想也没想就同意了。然而当真的提起笔，才恍然发现，原来自始至终我都在用一种唯有自己能看得懂的方式在写着菊，写着它的魂，它的韵，从未间断过。

去菊展后的一个星期，天气骤然就转冷了，“魔都”的天气从来变化无常，上周还是秋高气爽，转眼最低气温已是零下一二度。据天气预报显示，接下来的几天将会更冷，这似乎也预示着冬天就这样悄无声息地来到了身边。我不知道上海大学的那些菊花能在这样的温度下挺过几天，或许早已经凋谢了吧！但那又怎么样呢？落红毕竟不是无情物，殊不知化作春泥的菊涅槃重生之后，明年的菊，必将开得更加繁茂。

2015 年 12 月 6 日

路

从张家湾到榆镇原本是一条泥石路，修成青石路，还是十几年前的事。然而就在年冬回家的时候，母亲说青石路也要拆了，据说村里要在那里盖茶叶厂。陡然间心里失落落的，走了十几年的路，甚至在心里都已经熟悉了它的纹路、它的气息，这一动土，就相当于将这条路上的回忆和印记，都要连根拔起了。

榆镇之所以得名，是因为在榆镇西侧，有一片榆林。每到开春，深深浅浅的紫色花朵开满林间，煞是好看。偶有些孩童跑到林子里偷摘花果，看园子的工作人员大抵是要发脾气的。据说发起脾气来相当凶，而我们张家湾的伙伴多半没见过，原因则是在青石路的旁边长着一棵野生的榆树。这棵榆树不知是受了天地间什么造化，竟生得比榆林里的所有树木都高大。

我就是在这棵榆树底下玩到大的。

离榆树不远，大约两百米，有一家杂货店，是玲娟家开的。小时候总喜欢约三五伙伴跑到榆树下玩耍，玲娟就从家里偷些水果糖或者花生给我们吃。我们或爬到榆树的枝杈上，看谁爬得高，总要到树枝细得不能承受人的重量方止。为此，虎牙吃了不少苦头，他有一次从树梢上栽了下来，好在屁股朝下，结结实实地坐在泥土上，痛得哇哇大哭，我们一时受了惊吓，也跟着哇哇大哭。

从那以后，虎牙就不大跟我们玩了。我们时常能听到虎牙妈用尖厉的嗓音吼道："张大虎，你再敢爬树打断你的狗腿！"因为虎牙成了村里家长们的反面教材，我们也不太敢爬树了，便改掏蚂蚁洞。

那时候还是泥土路，地上长着不少杂草，蚂蚁洞稀稀疏疏地分布在草丛里或石缝中。我们用零花钱从玲娟家的杂货店买来棒棒冰，吃完之后将塑料包装布扔掉，捉蚂蚁放进去。那是长圆柱形的容器，上下两截，拿在手里软绵绵的。我们趴在草丛里用手将密密麻麻的小蚂蚁钳着，塞进塑料容器里，比赛看谁捉得快。一般小半个晌午，就能装满了，看着细细的容器里挤满了黑色的蚂蚁，彼此摩肩接踵动弹不得，别有一番意趣。

有时候我们会挖个洞，将蚂蚁连同塑料容器埋进土里，隔一天再来看，都已经死了。或者找个树枝架着，划一根火柴，将蚂蚁烧得噼里啪啦作响，焦臭的气味传出老远。有时候玲娟的妈妈也会出门骂几句，但大多是不骂的。

未过几年，到了上学的年龄。去学校也是要经过这条路的。那时候学校里的学生不多，只有左右两间教室，一、三年级在一起上课，二、四年级共用一个教室。语文老师是一个满脸胡须的人，生得很是威严，尤其是那双眼睛，让我们非常畏惧。他却不姓张，据说是从柳家畈分配过来的。柳老师倒不是真的威严，对我极好。唯独一件，便是课外作业必须按时完成。每到早上早读的时候，柳老师拿着一把木尺就开始检查作业了，谁要是没有完成，总是要挨打的。

虎牙是挨打最多的。他比我大两届，我读一年级时，他读三年级，正好在一个教室。每天早上，柳老师硕大的身躯刚刚踱进教室，虎牙读书的声音就从八十分贝直接变成声如蚊蝇了。虎牙总是贪玩，每天下课后在榆树下玩到天黑才回家，回去后还要帮父母做家务，作业不大有时间做的。

我们班上大概只有玲娟没有挨过柳老师的木尺。我也曾被柳老师打过一次，那时候的我已经读四年级了。记得那天柳老师布置我们回家写一篇作文，我的作文水平一向很好，作文经常被老师拿到课堂上当作范文来读，学校的黑板报、墙报也多有我的作品。听到又要写作文，我便想别出心裁，写出别人未曾写过的文章。

走到榆树下时，看见上面不知何时多了一个鸟窝，还能听见幼鸟叽叽喳喳的叫声。我想着去看看幼鸟长什么样子，要是写进作文里可能又会被柳老师夸奖一番。

榆树年深日久，不知什么时候成了毛毛虫的栖息地，树枝上到处都是毛虫灰，我刚从树上下来，就觉得浑身奇痒难忍，疼痛至极。我卷起袖子一看，手臂上、腿上、肚皮上都是黑色的、细细的毛虫灰。

回家后母亲烧热水给我洗澡，洗了半个小时还没洗净，母亲便一边用毛巾给我搓身子一边呵斥我，忙活了一晚上才将身上的毛虫灰洗净。作文自然是没有写了，第二天早上柳老师检查作业时在我手心上打了三下。我感觉到柳老师打我的时候比打别人轻，但还是很痛，这次挨打让我刻骨铭心。

可惜在我五年级的时候，柳老师由于教学成绩突出被调到镇里的中心小学去了，我再也没有机会看到他那张威严的脸了。

就在柳老师调走后不久，张家湾下了整整一个月的大雨，打伞是出不了门的，我们上学的时候多是由家长带着，书包反背在胸前，包在雨衣里，走着去上学。这样走了两个多星期，那条路被大雨冲塌了，整块整块的泥土陷入泥田，整条路千疮百孔，基本上不能走了。那几天，学校被迫停了课。

等到大雨终于消停，村委会的张书记开始对此事重视起来，他动员村里的人拿着锄头铁锹，用了将近十天，终于把这条路修成了如今的样子，整条路都是用青石板铺成的，阳光下远远看去，像一条弯弯曲曲的蛇，游向未知的远方。榆树还在，可惜的是再也不能捉蚂蚁了。早些年在这里安家落户的庞大的蚂蚁王国不知道是不是随着青石板路的铺设而无家可归被迫拆迁了，然而，我终究是不知道了。

上了初中之后，由于是在榆镇读的，这条路由原来的一天一走变成了一个星期走一次；上了高中，又变成了一个月走一次；等上了大学，村里也早通了公路，这条路基本荒废，不大有人走了。

然而年中岁尾，放寒暑假的时候，我仍喜欢一个人沐着晚风，踩在青石板上，慢慢地走，就像踩在每一个音符上，回想着儿时的快乐，成长的变迁。等到月上枝头，星汉流霜，母亲喊我回家吃饭的时候，我才悠悠地往回走。

然而，那也是三四年前的事了。

2012 年夏天回家的时候，那棵榆树越来越无精打采，母亲说榆树生多了蛀虫，没有人除虫，终于被凿空了，想到榆树寿命不永，我心里竟像是失去了一个好朋友一样难过。年底回来参加虎牙和玲娟的婚礼，老榆树就不在了。

第二年玲娟生了个儿子，偶尔也会给小孩讲那棵榆树的故事，然而大多数的时候都忙于生计，抛却了这段回忆。于是我想，待自己以后结婚生子了，定要好好跟孩子唠叨唠叨这条路、这棵树，还有这条路上的美好时光。

去年年底，我终于牵手人生伴侣，当我带着女友回家看望父亲母亲的时候，她也迫不及待地想看看这条让我念念不忘的青石板路。然而母亲却告诉我，即将要建茶厂，等过了年，这条路也要拆除了。

玲娟的父母重新建了新房子，那间当作杂货店的屋子一直闲置，风吹日晒，逐渐破败不堪。当年修路的张书记也已到了垂暮之年，没有力气管这些事情了。我自以为是地想，老书记定然是不同意拆除这条路的。想到这些，不知怎的，心里竟很不是滋味。第二天一早，母亲在厨房里忙活，女友还在房间里熟睡，我起了个大早，自个儿走到了村头。阳光洒在青石板路上，就像镀了一层金。

清晨的空气格外清新，却早已不是当年的味道。我走在青石板路上，抚摸着岁月里的刻痕，不由得想，这条路，是不是永远也没有办法走到尽头了呢？

孔乙己

读小学的时候，正逢教育改革，我直接从四年级跳级到了六年级，就是那时候认识的孔乙己。“孔乙己”是我对他的戏称，他的真名我已经忘却了。只记得那时候孔乙己个头儿不高，整日里穿着一件蓝色校服，读书极认真。

六年级的时光是极快活的。课外活动时间多，同学们大都聚在一起打球耍闹，女生们也有自己的游戏空间。这时候，总有一个人安静地坐在座位上看书，那就是孔乙己。

我与孔乙己是做过同桌的。总觉得他是一个一丝不苟的人，开始的时候，还不敢与他交谈，后来熟悉了，发现孔乙己是极好相处的。他的性情很温和，说话时总露出一口雪白的牙齿，更写得一手端正的好字。

那时候同学之间流行下军旗。下棋规则分为“明棋”和“暗棋”，“明棋”就是双方排兵布阵，第三人做裁判，司令吃军长，军长吃师长，依此类推，这种下法极考验战术，我们一般不大爱玩；“暗棋”则是又一种玩法，将所有棋子打乱趴着摆在棋盘上，然后互翻棋子，用最小的棋子将军旗驮到对面大本营即算胜利。这种下法有极大的运气在里面，比如偶尔会在司令旁边翻到一个对方的炸弹。

也只有在这个时候，孔乙己才会特别兴奋，经常乐得手舞足蹈。孔乙己棋艺不高，却不赖账，很是输得起。每次输了，他总要钻研许久，然后又拉着我们下，然而结果还是输，孔乙己似乎很有耐性，仍旧乐此不疲。

有一次，孔乙己忽然问我说：“你觉得我为人正直吗？”我很诧异，正不知如何回答，后座的L君也听见了。L君是个唯恐天下不乱的人，他立即将这事宣扬得满城皆知，导致这句话成了大家挖苦孔乙己的话柄。

孔乙己有一个哥哥，皮肤黝黑，让我不禁怀疑他是否有非洲血统，然而他的身子骨却瘦得跟火柴似的，我们都叫他“黑泥鳅”。黑泥鳅喜欢将吐到一半的痰再吞回去，很是恶心。孔乙己的成绩是极好的，黑泥鳅却不爱学习，上课睡觉，下课顽皮，违纪的事总少不了他。因此，我们对黑泥鳅的厌恶也就自然而然了。

孔乙己许是感觉到了我们对黑泥鳅的厌恶，所以他对自己的哥哥也有意识地敬而远之，有时候还和我们一起说他的坏话，数落他的坏事。

小学结束后，巧合的是，我居然与孔乙己分在了同一个班。刚上初中，因开始住校，人生地不熟，很是胆怯，幸而孔乙己热心帮忙，我很快安顿下来。

记得第一次段考，我因发挥失常没有考好，孔乙己竟然独自跑到班主任那里为我解释。生活上孔乙己对我极为照顾，我因学习成绩总比他好，所以两人也少不了学习上的交流，遂成了无话不谈的朋友。

然而孔乙己却是极好面子的。有时候，别人问他：“孔乙己，你有几天没洗澡了？”孔乙己先是一惊，然后急说：“我，我前两天刚洗……”别人又问：“骗人，你身上的衣服都馊了。”这时候，孔乙己的脸就憋得跟一块红布似的，解释道：“你不要乱讲，我，我才洗的……”女生纷纷露出古怪的神色。

孔乙己的奶奶年高老迈，对这个孙儿百般疼爱，宁愿自己穿打着补丁的衣服，也要把最好的留给他。每到周三，孔乙己的奶奶都会送些吃的穿的给他，我们看见，总说：“孔乙己，你奶奶又来了。”孔乙己先是不好意思，然后冲出去，对着他奶奶说：“我叫你不要来了，穿得这么破烂，让同学看见了笑话。赶快回去。”他接过东西就回来了。

我们便问：“孔乙己，你怎么能这样对你奶奶说话呢？”孔乙己道：“那是我奶奶，我想说什么就说什么。”他的奶奶连续送了两年，就这样被孔乙己说了两年，到了初三，终于不送了。

然后不知从什么时候起，孔乙己变了。中考那年本该是最为忙碌的，孔乙己却变得不安分起来。他传小纸条给班里的女生，躲在厕所里抽烟，到音像店借电影光盘看。然而，这些终归只是小打小闹，他的内心深处开始渴盼堕落，又放不开乖学生的形象，总是畏首畏尾——只因他是极好面子的。

孔乙己的转变之大，让我觉得有些陌生。他竟然从家里偷钱买烟抽，然后骗他父亲说学校要买资料书，他竟然能在吃饭的时候说一些黄段子，还吃得津津有味。这不禁使我疑心他是不是受了什么刺激。

所幸中考孔乙已考得并不太差，机缘之下，我们竟然又进了同一所学校，并分在了同一个班级。这时的孔乙已，开始完全撕下“乖学生”的外衣，放肆地变坏起来。他甚至在上课的时候睡觉、抽烟、对着女生吹口哨。自然而然地，我在心底将孔乙已划入“差生”行列，两人逐渐疏离了。

高二文理分班，我和孔乙已选的都是理科，我心里企盼着不要将我和他分到同一个班，许是上天听到了我的请求，我们果真没分在一个班。从这以后，我便很少见到孔乙已了。听人说，他仍是堕落，经常夜不归宿，跑到网吧上网。

有一次坐车回家遇见孔乙已，他的脸上添了几个伤疤，我问缘故，他笑说：“为一个女生打架弄的。”我看见他身上穿的衣服不知什么时候全换成了名牌，头发也梳理得锃光瓦亮的，很是潮流。

他的父亲与我相熟，每次见我极热情，我才知道，原来孔乙已在学校的堕落，是瞒着他父亲的，在他父亲眼里，他仍是一个勤奋读书、认真好学的乖学生。每次他父亲向我问起孔乙已的近况，我也不好如实照说，只敷衍几句。

后来高三了，学校的气氛一下子被高考带动起来，大家都在拼命做题，拼命复习。孔乙己仍是最为闲散的一个，他经常逃课去上网，或者抽烟、打架。倒没有听说他和哪个女生谈过恋爱，这是我颇为意外的。

有一次在操场上碰见孔乙己，聊起近况，他问我复习得如何，我说了，然后问他，他尴尬地笑了笑，说："我不打算读了，像我这样，本就不是读书的材料。我爸爸还指望我上重点学校呢，看来要让他失望了。"我忽然觉得孔乙己的心底，其实还是有那么一丝悔意的，可是，到如今，已经无法挽回了。

这次以后，很长时间没有再见到过孔乙己。高考前一个月，我回了一趟家，父亲说："你听说了没，孔乙己疯了。"我很诧异，忙问："怎么可能，我怎么没听说？"父亲说："疯了有一段时日了，现在在家接受治疗呢。"

听到这个消息，我感到十分震惊。留心打听，居然是真的。据说他一在家里就发神经，乱摔东西，一到医院检查就变得极为正常，很是古怪。我怀疑，他是不是因为高考临近，知道再也瞒骗不了家长，索性装疯。

后来我更加确信了自己的推断。过了几个月，听别人说，孔乙己在家里好酒好烟伺候着，就变得正常，一旦让他下地干活，就又疯癫。世上哪有这样的病呢？

他父亲没有再找我说孔乙己的事了。随后几年，我在外地读大学，很少回家，更是少有孔乙己的消息了。前几日回家，和父亲一起去城里办事，路上碰见了黑泥鳅，彼此寒暄了几句，告别之后，父亲说：“黑泥鳅现在可风光了，自己办了个小厂，赚钱厉害着呢！”

我不禁想起孔乙己，便问：“孔乙己呢？他现在在干什么？”父亲摇摇头，说：“不太清楚，或许，还疯着吧！”

2013 年 6 月 21 日

十年

写这些文字，或许无关其他，只是因为有那么一瞬间，会让你觉得有些东西，值得自己去铭记，去拥有。

——题记

2004年。

关于这一年的记忆，还停留在初中时的一些琐碎事上。那一年，人们还没有从2003年的“非典”风暴中完全苏醒过来，茶余饭后谈论着电视上播出的热门新闻，殊不知，时间已经嘀嗒嘀嗒，轻悄而过，将日历翻到了猴年。

这一年，我读初二。初中的生活回忆起来总是很遥远，然而，沉淀下来的，却是最难忘怀的记忆。就像每天傍晚，我和好友王磊去河边散步，赤着脚丫踩在光滑的鹅卵石上，任流水在脚背缓缓流淌，洗去一天的疲惫，忘却一天的烦恼。

儿时的天空总是充满想象，如这一望无际的白云和永不停息的水流。河水蜿蜿蜒蜒，经过学校拐了一个大弯，往甲竹河流去。每天三五成群的伙伴，带几本书，在河岸边背诗记单词，偶尔和好友打水仗，夕阳斜洒下来，余光下，残红铺成了一片，一阵风吹来，仿佛金色的鱼鳞一般，起伏荡漾。

我和王磊都是那种喜静的人，闲时，我们便在河边捡些鹅卵石，堆砌成水路，日积月累，竟将一条河道建造得颇具规模，王磊美其名曰“水上长城”。一日，我们玩得太过尽兴，回到学校，晚自习铃声已响了许久，免不得被老师一通教训，然而，第二天仍旧乐此不疲。或者在草丛里拾到野生的鸭蛋，偶尔，也能在水底抓到挥舞着钳子的大螃蟹，何其乐哉！

回到教室，与河边流水潺潺相对应的，是书声琅琅，偶尔夹杂些欢声笑语。同桌吴燕燕是个极爱玩闹的女生，喜欢拿着厚厚的《新华字典》查一些稀奇古怪的“敏感词”，总是让我不能好好地写作业，她脑子里似乎有说不完的俏皮话，开不完的玩笑。

吴燕燕的母亲与我是本家，论辈分她比我小一辈，所以，她总是不阴不阳地喊我“小外公”，一直喊到高中。再往后，她休学了，我考进高中，两人便很少见到，渐渐也就不联系了。

人有时会将很多事情慢慢忘却直到一干二净，就像那年暑假，很多事情都已经淡却。但是在云平姐家补习的日子却怎么也忘不掉。

我们发明一些稀奇古怪的记单词的方法，将英语语法编成歌诀，几年都不忘；我们背诵一些晦涩难懂的古诗词，然后互相炫耀看谁能一口气一字不漏地背出来；我们爬上屋后的那棵四季青，然后听见云平姐喊：“人摔了不要紧，别把我家树弄断了！”……

太多的记忆，太久远的歌，以至于若干年后再回想起来，仍然忍不住会心一笑，然后埋葬在岁月里，慢慢咀嚼。

2005 年。

这一年如果说有什么事情是让人回味无穷的，应该就是中考。中考只有一两天，然而前奏却漫长无比。整日里看资料书、考试、做模拟试卷，生活变得极其单调，却也是一种纯粹的幸福。

吴燕燕收敛了活泼爱闹的性子，也渐渐沉迷于书海之中。河边，我们自然也去得少了。有一次，和王磊又去河边，却发现曾经的“水上长城”早已不见了影迹，徒留流水匆匆，奔腾不息。

蒋亚情依旧沉着内敛，李小霞在省级征文大赛中捧回了个二等奖，陈庆胜呢，还是如以前那般，打球读书两不误，也终于不负众望地在当年的运动会上带领班级拿下了篮球赛冠军。倒是孔乙己，许是受不了压力，开始自暴自弃，完完全全变得陌生了。（见拙作《孔乙己》）

中考前几天，大家在疯狂地写同学录，中考前一天，蒋亚情在我的摘抄本上写下“中考加油”四个字，使我一时心中暖意融融。经年之后，当我再次翻开发黄的摘抄本，看到这一行娟秀字迹时，仍能回想起当初的情景。

中考的那几天注定是疯狂的。关于考试的回忆已经没有多少，记忆最深刻的，反而是每天考完试，第一个冲出考场，回到住处，和同学一起看古天乐版的电视剧《寻秦记》。而后，就是等分数线，填志愿，与朝夕相处的伙伴们各奔东西。

中考后的几天，曾有和蒋亚情、王磊等人到王水情家附近爬山游玩的一次经历。那是夏天，阳光如火球一般，在滚烫的天地间灼烧，树木却洋溢着蓬勃的生机。虽然一天下来，大家都很累，蒋亚情更是说以后再也不来了的话，然则留下的一些美好，却是我们一生最值得珍藏的回忆。

山中有一个碧水寒潭，阳光下，水珠飞溅，五彩斑斓，如一个个小小的彩虹。王磊捡了一个形状奇特的石头送给我，说是留个纪念，我一直留着。去年年底搬家，无意中竟将那块石头又翻了出来，一并带到了新居。

如今，那块石头还在，可那些曾经一起玩闹的人，却逐渐走出了彼此的视线。有一次回家，听母亲说起王水情要结婚的消息，才忽觉，人生匆匆，岁月倏忽，有些时光，只能留在回忆中，永远无法回到当初。

一如蒋亚情那句“以后再也不来了”，可不是吗？真的再也回不去了。

2006 年。

中考结束，紧接着步入各自的高中生涯。中考算一个小小的分水岭。蒋亚情、李小霞如愿以偿地考进了县城第一高中，王磊也扩招进同一所学校。我则和陈庆胜、孔乙已等许多人，进入了当时县城口碑还算不错的汤池中学。

有些东西，说起来很怪，但有时候，转变，真的只是一瞬间的事。就像某一个时刻，你还会觉得，自己所拥有的一切，是那么理所当然，却不知道，在不知不觉中，早已物是人非。

很难说这一年对于我，到底是不幸还是万幸。然而，这一年对我以后数年的人生轨迹乃至现在的生活状态，都是影响深远的。只因为，这一年，我开始正式接触创作。并非课堂作文式的一板一眼，而是那种天马行空的随心所欲。

2006 年，我用了两个月的时间，完成了自己的第一部中篇小说《生死符》，全文 70000 余字，修改又花了一个月。那时候，没有电脑，不知道所谓的电子档是什么东西，全部在笔记本上写就，灵感爆发，不论上课下课，我都笔耕不辍。然后是一个悬疑短篇，大约不到 20000 字，名字已经忘记了，最初的全本寄给蒋亚情看后，也不知所终。

同年 4 月，几乎走火入魔的我，竟然在课堂上写起小说来，《倚天屠龙（续）》洋洋洒洒 20000 余字，堆满了方格子，用了差不多两个作文本，却意外地得到了语文老师的认可和支持。

语文老师姓曾，是一个非常敦厚的人，思想比较前卫，上课时间经常带我们搞搞辩论赛、唱唱歌，只因他自己是一个极爱唱歌的人。曾老师对我说过，如果想写，就要坚持下去。许是自己会错了意，语文课于是成了我写小说的固定时间段，而后其他课程也逐渐被我“挪用”了。

《情断天涯》系列就是在那个时候写出来的，370000字，16个月。学校发的专用练习册，每本大约54页，我竟写满了整整15本。创作风格前后辗转几变，虽未定型，但每个阶段都是写得最舒服的。我记得有一段时间看小说《七侠五义》，于是下笔都有种说书的味道。另一段时间迷上了网络作家沧月的小说，竟又写得缠绵悱恻，柔肠百转。好在，后来找到了自己的定位，最后四本，有了自己的风格，未受其他作品的影响。

那段时间，除了写作，平日里最大的爱好便是看书。因阅读面窄，我什么书都看，几乎到了“饥不择食”的地步。一本普通杂志也能反反复复地看上好几遍。我便是那时候接触到了蔡骏，认识了菖蒲。也是在那时候，我开始关注古典文学、唐诗宋词。每个月的生活费，总有一小半被我用来购买课外书了。除了书籍，杂志也是每月必买，比如《萌芽》《课堂内外》，现在家里还藏着一大沓。

与写作的激情相比，与之相对应的，是学习成绩的直线下降。也许有时候，疯狂起来，结局就是那么难以预料，只短短一年，我的学习成绩就从年级前五跌落到班级四五十名之后，而自己还在不知不觉中乐此不疲地在自己编织的幻想的世界里营造着属于自己的童话。

但所谓梦想，总是要付出代价的，接下来两年我近乎疯狂地补救被耽误的学业。

2007 年。

这一年，可以写的东西很多，然而，如果要在众多美好中选择一两件最值得记住的，那么，我会选择记住几个人。

朋友，有时候是一个很奇怪的词语，难以捉摸，不可以常理度之。你能说谁生来就和你性情相投，然后与你交心交底吗？你能说谁注定就会在你的生命中留下浓墨重彩的一笔，而没有任何征兆吗？

我不知道朋友于我，是一个什么样的存在，我好像从来没有刻意和谁深交，然而总有那么一两个人，最后走进彼此的生命中，成为最要好的朋友。

到现在，也许已经很难回忆起吴强和晓亮是怎么走进我的生活的了。我只记得那时候，文理分班，班级新老成员重组，我便这样被命运安排，与他们相遇。

那时已经对学习失去了兴趣的我，整天最爱做的事，就是和储高唱歌，和王盼讨论文学。

那时候，王颖慧还不叫“包子”，金刊还没诞生“小泡”，胡发泽也不叫“骚人”。然而一切都是那么顺理成章，改变得那么自然，让人毫无防备。

晓亮天生爱折腾，而吴强则安静许多。那时候，吴强和晓亮合租了一间面积不算很大的房子，不论是生活还是学习中，二人都形影不离。而他俩的成绩在班级也都是名列前茅的。

胡淑慧外号叫“胖子”，性格大大咧咧，像个男生。那时节，胖子是班长，倒也把班级管理得井井有条，很是不简单。

彼时的我，经历了高一一年多的荒废，还沉浸在自己的文字世界里，真可谓“两耳不闻窗外事”了。同桌吴鹏，外号叫“大鸟”，此君倒有几分趣味。一面与前桌的胖子挤脸蛋、掐耳朵，卿卿我我，着实“不堪入目”；另一面，在一个笔记本上记录着自己的小秘密。有一次我和胖子曾偷偷打开过他的这本神秘笔记本，但是里面的字别具一格，潦草得我俩居然一个不认识，被胖子称为“鸟体”。

期中考试后，一次换座位，我和晓亮、吴强、储嵩四人坐到了一起。受到熏陶，我也曾经疯狂学习过一阵英语，虽然成绩鲜见提高，每每思及，却别有一番味道。

那时候，我和王贤波合租了一间房子。每到晚上下自习之后，晓亮总是喜欢跑到我的住处疯狂一阵，或吹笛，或玩牌，甚至拼桌子打乒乓球，后来晓亮和吴强两个人搬家过来与我住到一起，这种疯狂还一直持续着。

说起晓亮搬家，也有一段历史。因他们原来租的房子那家房东突然提高房租，爱折腾的晓亮随即搬到了梨园，与陈真住在一起，住了没一个月，又搬到了另一处人家，几经周折，最后方才搬到了我这里。

然后就是高三的种种忙碌，我也逐渐收心务实学习，虽然为时已晚，基础薄弱的我前途并不光明，高考之路一片渺茫，但始终未曾放弃。在晓亮、吴强的影响下，我也逐渐习惯了在数理化里摸爬滚打的生活，习惯了早起晚归的生活。

2008年。

2008年伊始，江南下了一场百年罕见的大雪。大雪阻路，隔断了回家的旅程。为了迎接6月份的高考，班主任方焰和胡华斌老师组织了一次寒假补习，地点定在县城天鹅技校，有五六十人报了名。

简陋的环境，潮湿的空间，差到不能再差的食堂饭菜，都成了那一段泛黄时光的注脚。然而即便是这样，我们仍然能够苦中作乐，留下许多弥足珍贵的美好回忆。

忘不了大家吵着闹着让班主任方焰请客时的疯狂，忘不了晓亮和联昆打乒乓球到第二天凌晨一两点，忘不了停电之后为了打开水排队时的你推我搡，忘不了和王文静、程玉玲等人在雪地里步行100多里只为赶回家吃小年夜饭……

忘不了的实在太多太多，以至于若干年后回忆起来，仍有一种温暖溢满心间。

紧接着而来的是一段紧张又忙碌的时期。随着高考的临近，大家都憋着一股气，暗地里你追我赶，而正当这根弦拉到最满，许多人开始出现懈怠的时候，5月12日，汶川地震，震撼了每一个人的心灵。

高考前夕，晓亮因贪玩，居然伤了手，骨折了，虽是左手，但对他的情绪多少有些影响。高考之后，便是疯狂与释放。高考最后一天，恰巧也是吴强的生日，我从班主任那里哄来100元钱买了个蛋糕，晚上更是在大鸟的房间里和吴强、“胖子”胡淑慧、程玉玲几人玩纸牌通宵达旦。

至于之后的事，大抵相似，估分，等分数，填志愿，彼此各奔东西。吴强和晓亮考得不错，均考到了芜湖。而我则和胖子等人不出意外的名落孙山，等待来年的复读。

2008年8月，北京奥运会声势浩大，然而我们却踏上了新一年奋斗的征程。复读的生活极其单调，枯燥而乏味的三点一线，没有一丁点儿的杂音。我和陈真合租了一间房子，晚上下自习之后，喜欢没事跑到衙前河边吹吹风，聊聊彼此的心事和理想。偶尔，也和陈龙飞、胖子等人跑到学校后面的小山丘上畅游山水秋色。或则，死着脑筋和数学老师争论一些难得不能再难的题目……

至于考试，更甚于家常便饭，有过满分的喜悦，也有过堪堪及格的沮丧，起落沉浮，飘萍不定。

12月24日，传说中的平安夜。学校却发生了火灾，大火霹雳，直接将一间教室化作灰烬，好在没有人受伤，书籍等财产也及时抢救了出来。美中不足，程玉玲自作聪明，只顾要身份证不管被褥，结果被消防车喷个透湿，一度成为我们取笑她的话柄。

2009年。

高考前的几个月有些像上一年的轮回。彼此拖着遍体鳞伤的身体，做着没有退路的殊死一搏。考试前夕，胖子曾经问我：要是今年还没考上，你有什么打算？有那么一个瞬间，忽然有种想哭的冲动。是啊，风风雨雨一年多，走着走着终于快要到尽头了，要是并不能换来该有的结果，我们又将如何呢？你是不是也有过这种感觉：明明很努力，明明很用心，但上天偏偏跟你开着不大不小的玩笑，让梦想一次次与你擦肩而过，成为无数次命运的轮回，这时候，你会不会想到天道不公，想到放弃呢？

我承认自己很没出息地想过，但最终选择了坚持。

我已记不起那天是怎样回答胖子的了，但我想，有时候之所以选择坚持，是因为还有希望。所幸那一年，大家考得都还不坏，虽然与预期目标有差距，但总算成功上了大学。

一切又如上一年的翻版，只不过忙碌的主角由晓亮、吴强换成了我们自己。或许随着时间的嘀嗒声，我们已经渐渐遗忘了在同学家聚餐时的忘乎所以，但有些东西，有些感情，是永远无法磨灭的。

然而，上天并没有给我们留太多时间来怀念高中，感伤别离。很快，象牙塔的生活已经遥遥在望。大学生活处处透出一股子新鲜感，与高中时代的不同自然也开始显现。开学伊始，各类学生社团如雨后春笋，而我却选择了沉淀，捡起了被我搁置近乎两年的小说创作。不爱去网吧的我总在夜深人静时坐在宿舍的台灯下，在练习本上一笔一画写着属于自己的文字，160000 字的武侠小说《青鸾》便是在这段时间完成的。

大学按照年龄分宿舍和班级，宿舍里其他几个室友的年龄都与自己只差几天，倒也玩得来。刘林保算是老乡，那时候，正是流感横行的时节，国庆长假我便和余节平、石腾飞等人去龙湖公园，划船到湖心小岛上打牌，也别有一番情趣。倒是八公山，盛名之下有些教人失望，好在汉淮南王宫峥嵘巍峨，历经沧桑，颇有看点，也算不虚此行。

然大宝，也就是刘林保，平日里做得最多的，还是和大飞一起上网、打篮球。大飞即王少飞，也是我的室友，更是日后最好的朋友之一。那时候，电脑尚不普及，手机也远没有现在人手一部智能机这么泛滥，能拥有一款三五百元钱的国产山寨就算得上是小康了。闲时，到网吧下载电影便成了一项不可或缺的娱乐。那时候手机视频支持的格式少，我们也只能到网站上下载一些质量非常差的 3GP 格式或 MP4 格式的电影来看，偶尔三五个人凑在一起围着个小小的手机屏幕,倒也看得津津有味。大宝更是用手机看完了《仙剑奇侠传》。

那时候流行的歌曲也不少，大抵是周杰伦、张杰等人大火大热的时代。大宝喜欢听一些伤感的流行音乐，像《不是因为寂寞才想你》《断点》《伤心 2009》之类的，而大飞则偏向于动感的摇滚，《哥只是个传说》几乎天天循环。

大学时代，游戏自然不能少。《穿越火线》《NBA 2K9》都是当时非常流行的，同学们茶余饭后的谈资，总是不离这些话题，我虽不玩游戏，耳濡目染，也渐渐懂得了不少。

然后说到考试，大学与高中时代形成的强大落差着实让我们无所适从了一把，刚刚走出高中生涯的我们并不懂得“考前突击”的高效，稳扎稳打的我们第一学期期末，考出的成绩都还不坏。

2010 年。

经过了大半年的磨合，终于完全融入大学生活。大城市的喧嚣与乡野之地自然是两种截然不同的风味。大学生的生活也是多姿多彩，摇曳多姿。各类比赛、活动好比五彩斑斓的色带，为本就丰富的生活增添了一抹亮色。

如果说主持人大赛上的各显神通令人咋舌，元旦晚会上的闪亮登场令人惊艳，那么最令人怀念的，还是篮球联赛上，班级七战七捷，问鼎冠军的旷世风采。紧随其后的足球联赛，我班也取得了第三名的佳绩，无敌姿态显露无遗。

而业余生活，同样不乏惊世骇俗之举。或许，你不会讶异聚餐时李琳和胡传球整瓶啤酒对瓶吹的果敢与决绝；或许，你也不会吃惊邢子叶和袁婷婷在KTV放声高唱《青藏高原》的鬼哭狼嚎；但你听过一个班级近乎二十人，包括女生集体去网吧包宿的吗？你能想象十几连坐开黑玩游戏吗？

而这，就是我们，无所顾忌的我们，肆意挥洒、跳脱飞扬的青春。

石腾飞外号叫“老三”，个头儿不高，皮肤黝黑，总能语出惊人。一句“你不懂，这是战术问题”一度流行整个班，而“我再过一年，就可以和大学生一起打球了”更是成为大飞长久的笑柄。

老三是一个很有人生规划的人，闲时听他谈论起未来，头头是道，颇给人一种高深莫测之感。可惜自制力不强，每每计划才刚实施，过不多久一准夭折。就像他和大飞一起考研，前期冲劲十足，到后来竟然不了了之，甚至连考试都没有参加。

然而凡事都有例外。9月份，在做暑期工时尝到甜头的他突发奇想，竟然和饭店合伙经营起外卖生意来。从前期的收益计算，到印传单，发传单，再到后来的送外卖，几乎都是他自己一手操办。

那段时间，我们闲时帮着老三送外卖，甚至偶尔叫几餐，权当照顾生意。可惜的是好景不长，因学业等种种原因，他只坚持了一个月，便没有继续下去。然而老三的魄力也逐渐显露出来。不得不说，老三一旦认真起来，的确能成旁人不能成之事。

如果用“仗义疏财”来形容老三的话，会觉得颇具江湖草莽气，或许说“真诚坦荡”更为妥当。老三很会享受生活，花钱如流水，从来没个数目，后来我们搬到一个宿舍，在我的约束下，他才有所收敛。

然而石腾飞就是这样一个人，懂得享受当前，懂得憧憬未来，却唯独缺乏自制力。今年国庆节和大飞去无锡看望他的时候，他和同事合租了一间不大的房子，生活得倒也自在。只是偶尔回想起学生时代的那段时光，仍然忍不住心潮澎湃。或许，这才是时光沉淀，留下的最值得珍藏的点滴吧！

2011 年。

大二结束以后，我们要从北校区搬到校本部。一时间，校园里热闹起来。考完试，大家就大包小包地背着行李往校本部赶。附近的一些商家借机大发横财，原本一两元钱一个的行李袋被提价到了六七元钱。

我是最早一批离开北校区的。考完试后，我和石腾飞立即坐上了去往无锡的火车，他的行李连同我的行李，大大小小有六七袋，清点着两年以来的许多物件，就像历数一段段回忆，有些该扔的，都随同垃圾一起，彻底丢弃；而有些，则带往新的校区，延续着新的征程。

到达校本部的时候，是下午四点多，我俩重新布置好新宿舍，累得满头大汗。这边的宿舍远不如北区，玻璃窗户、水泥地，一到冬天冷风直灌，倒有些像是七八年前的居民住房，颇感失望之余，却又只能无奈接受。

接下来是漫长的暑假。因哥哥在上海，我独身踏上了闯荡上海的道路。我的仓促到来，着实让哥哥忙碌了一番。他帮我安排住处，找暑假工。在哥哥的安置下，我租了一间价格低廉的居民房，并找到了一份印刷厂的工作，分两个班次，早班早上六点半开始上班，下午两点半下班，中班两点半上班，晚间十点半下班，每周四休息。

因这是我第一次接触到正式工作，并不是很有经验，刚上班时手上多处被刮伤和擦伤，好在一组的同事见我年幼，尚且照顾，倒也不是太累。闲余不上班的时间，哥哥便带着我到上海各处闲逛，偶尔购购物，看看景，虽然花销不大，却也让我深切地感受到了远在外地上班一族生活的艰辛不易。

这样约莫过了一个月，暑假工生涯也宣告结束，回家休息了几天，我便回了学校。新学期新校区，适应倒也简单，松散了两年多，不知怎的，我竟忽然爱上了图书馆。以前从来不大去图书馆的我，如今喜欢每晚准时到图书馆看两个小时的书，风雨无阻。周六周日若无他事，也尽在图书馆度过。

因刚刚分完专业，专业课程一股脑儿涌了过来，在图书馆的这段日子，倒也不算虚度。就连石腾飞，也被我强拽着到图书馆看了一段时间的书。“十一”长假过后，秋意一下子扑上来，天气渐渐变冷，宿舍里实在冻得不行，我便经常窝在图书馆里看书到深夜，而每每回到宿舍，石腾飞都优哉游哉地坐在电脑前玩着游戏，或者看电视连续剧，我甚至跟着他追完了黄海波主演的《将军》和《永不消灭的番号》，以及当时颇为火爆的谢天华主演的《潜行狙击》。

那时候，同学之间流行一款叫作《DOTA》的游戏，就是十人网上对战，五人一队，一为天灾，一为近卫，互相拆塔的策略游戏。当然游戏中考察的不止这些，还包括走位、补刀、意识、大局观等诸多方面。石腾飞是该游戏的忠实粉丝，每当闲暇之时，他就抱着电脑到28层的高层公寓，和大飞等人联机游戏，为杀一人而欢呼雀跃，为死一次而唏嘘不已，倒也不亦乐乎。

我却没把那么多心思用在玩上。为了凑够元旦买电脑的钱，我在学校找了一份勤工俭学的工作——打扫宿舍楼后的一个小院落，活儿虽不重，每天只需十几分钟，但极考验耐心。与我一起的还有四班的一个同学，名叫谢尚扬。我们每天约着一起早上起大早，除了下雨或者周末，没有间断过。冬天的清晨冰寒彻骨，其他同学还在温暖的被窝里做着美梦，我们已经踏着熹微的晨光开始工作了。勤工俭学的钱不多，每月才180元，却让我们兴奋不已。

到了元旦，到底没能凑够买电脑的钱，加上暑假工所挣的，还差了好几百，就这样，我向老三借了400元，在大飞的陪同下，去合肥买到了一款配置中档的笔记本电脑，几乎花光了身上的积蓄，放寒假回到家时，我的钱包里剩下不到30元。

可以说，这是我进入大学以来，过得最充实的一个学期。想起那时候为了省钱，每餐在食堂只舍得吃两元左右的伙食，真是苦中有甜，难以忘怀。然而，天道酬勤，在那个学期，我考过了英语四级和国家计算机二级。

现在偶尔回想起那段时光，那样的日子再也回不去了，但至少，我可以说，大学，我疯狂过，也拼搏过，这便已经足够。

2012 年。

有了电脑以后，借助网络的便利，最为方便的自然是小说创作了。利用寒假时间，我将之前完成的几部小说，《剑起苍澜》《青衫隐》等的电子档整理完成（之前是写在纸上的），并将 2011 年 4 月份就已经创作完成的《神捕》做了一次大幅度修改，然后又用七个晚上完成了《南渡》系列的第二部《狼烟》，全文 18000 字。

之后云平姐联系上我，说他们准备制作一个反映中国古代文化国粹的动画片，要对国外宣传，确定以朱熹作为蓝本，希望我能帮她写一个剧本出来。对动画剧本一无所知的我，懵懵懂懂地就答应了。那段时间，我疯狂地补着动画剧本创作的相关知识，在当当网上买的书籍只花了一个星期就看完了，云平姐寄过来的数本关于朱熹的书也以最快的速度浏览了一遍。3 月中旬，在给云平姐看过剧本大纲后，随即开始了创作，然到底是缺乏动画剧本创作方面的经验，在完成了前三集之后，最后不了了之，没有了下文。

因为这事，我有好长一段时间没敢跟云平姐联系，觉得挺对不住她，到底是答应了她的，却没有完成。却不知前段时间云平姐找我修改剧本，打电话的时候说起那事，她反倒觉得耽误了我不少时间，也是不太好意思，我不禁哑然。人啊，有时候就是这般，有些事情不说开，到头来隔阂只会越来越深，其实能有多大的事呢？换个角度想想，也就释然了。

动画剧本没有写成，反倒在这段时间完成了《南渡》系列的第三部《飞刀》，因动画剧本占去了不少精力，24000 字的小说，竟写了近一个半月，终于赶在 4 月之前完成了。

那段时间，有过在网络上发表文章的想法，之前也曾在“榕树下”“起点”等网站注册过，但是快节奏的快餐网文，以及满巨的穿越修真、总裁、第三者等还是让我望而却步，最后选择了更适合自己的“好心情”原创文学网站。

“好心情”网站人气固然不高，驻站写手也没有多少所谓的网络大神，有一点却是我十分欣赏的，那就是在这个网站写作的，无一不是用心在创作，而不掺杂任何商业利益。网站的编辑也非常负责。我便是在这里遇到了自己在文学上的第一个启蒙大哥——诉衷。之后更是在好友梅子的牵线下，认识了水柔宝贝、紫星等一大批颇具才气的女子。

而高中之后便不曾联系的王盼，也在这个时候因为文学而取得了联络。和在网络上认识的另一个爱好文学的学弟王克，联系也逐渐频繁起来。每天茶余饭后，便是与水柔宝贝、紫星、王盼、王克等人在网络上、在空间里，讨论文学，继而家长里短，一些琐碎之事，几乎无话不谈。

那段日子，是我接触网络文学的最初时光，温暖、唯美，却也十分耐人寻味。随着长篇小说《青鸾》与“榕树下”签约，我的小说创作也越来越频繁。在我的鼓励下，从来不写小说的紫星、梅子，开始试着写小说，水柔宝贝也捡起了丢弃了好久的长篇，而她们每写完一篇，总是第一时间拿给我看，我也总能在第一时间提出修改的意见。虽然只是文字上的相交，却也彼此相知，毫无芥蒂。甚至会听她们抱怨工作的不愉快，儿女的调皮以及生活中的点滴……

到现在，“好心情”的那一批好友，除了诉衷之外，其他的几乎没有了联系，但谁又能否认那段时光的美好呢？我常跟人说，朋友是阶段性的，或许，如果没有那个时间段的朋友，也就不会有后来的故事了。

4 月下旬，在老乡冰城深雪的引荐之下，我来到了江山文学网旗下的江南烟雨社团。此时在“好心情”正玩得开心的我其实并没有想改换阵地的意思。然我投稿的第一篇小说《飞刀》得当时的副社长消失若默洋洋洒洒千余字的按语彻底震撼了我，之后更有一篇古韵遭到退稿，副社长竹叶儿亲自加我好友并婉言相告退稿理由，这些都让我对江南烟雨社团产生了强烈好感。

当时社团掌门是秋梧飘絮，在看过一次发在论坛里的编辑会议记录之后，我被他们这种认真的态度所打动，开始默默关注起这个团体来。秋梧飘絮虽多次提出想让我加入编辑团队，我都婉言拒绝了。原因很简单，彼时的我，只想安安静静地创作，并不想有太多的俗务缠身。

6 月底到 7 月初，在写完答应了秋梧飘絮的江南烟雨社团同人小说《烟雨江南》之后，在小说创作道路上产生迷茫的我，觉得目前这种创作状态，对自己没有任何提高，竟然有了封笔不写的冲动。但到底食言了，放暑假在家，即便没有网络，仍然用手机关注着社团的我，以一个旁观者的身份，看出社团管理的一些弊端之后，提笔写了一篇名为《写意江南》的文章，意外得到了社团管理层的重视，发表之后更是引起了逝水流年社团社长纷飞的雪的关注。

也是因为如此，在 9 月初，我刚到学校，秋梧飘絮便把我引进了管理组，打理社团。因而，我也是唯一一个没经过编辑考核，直接进入管理组的人。彼时，7 月份由我出题策划的首期同题征文已近尾声，而社团成立四周年的庆典也让我一阵好忙。那时候，江南烟雨社团的发展并不是太乐观，逐渐呈下滑趋势，而社团内特别是高层管理之间的一些隐藏矛盾也渐渐暴露出来，力不从心焦头烂额的秋梧飘絮甚至一度有了退隐的想法，然而在我的劝说下，她还是选择了留下，并与我携手延续了社团的传说。我们两人也因此成了推心置腹的好友。

因为已是大四，面临着找工作问题，从国庆节之后，我就不怎么上课了，天天跑招聘会、做简历、面试，晚上回来打理社团、写文，每天的生活，任务都排得很满。11 月初，工作终于敲定，随着和消失若默策划的“倾尽天下”主题征文的顺利开展，哪里天涯、易水犹寒以及履泽等实力派作者的加盟，江南烟雨社团终于迎来了一个全盛的辉煌时代。

我很庆幸，我曾经在过。没有名利的争夺，没有虚荣心作祟，大家欢聚一堂，偶尔在群里发发牢骚，偶尔在一起拼字数写文章，偶尔插科打诨，偶尔……那是一种纯粹得不能再纯粹的幸福，身边所有的好朋友都在，踌躇满志，对社团的未来充满信心。我后来不止一次地想，如果没有元月份的那次网站社团排名规则的变化，将社团推上了风口浪尖，是不是后来的一切，都不会发生？是不是我们都不会那么累？是不是我们会一直幸福下去？

然而，现实不存在如果，而我们，更无法预测未来。

2013年。

今年3月，我离开学校，踏上了去往上海实习工作的旅程，短暂的适应之后，工作渐渐进入正轨，一切似乎都在有条不紊地进行着，没有任何波澜。然而4月初社团排名的变动一下子打破了这种沉静。虽然社团是因为失误少报了一部长篇而失掉了第一，但是对它的士气的确造成了很大的影响。负气的秋梧飘絮甚至辞掉了所有编辑，有了关闭的心思，而不冷静的我面对那些在论坛里落井下石的攻击性的帖子时，也变得极度不淡定，说了许多不该说的伤人话。

事后回想起来，当时的自己是多么可笑！也许的确是我将排名看得太重了，毕竟是自己一直以来用心守护的东西，忽然有一天不再属于自己，这种强大的落差造成了心理的失衡。好在，社团在最短的时间内恢复了元气并回到正轨，随着我对社团整改的完成以及开展了“江南，我在”主题活动，社团不但没有一蹶不振，反而显现出了超强的凝聚力。而我也从幕后的统筹全局，走上了前台，与社团的家人们一同奋斗，终于不负众望，在第二季度成功回到第一。

这次名次回归可谓意义重大，不仅证明了我们社团的实力，更让人们见识了江南烟雨社团的人心向背。但这次名次之争，也产生了许多负面影响，第二季度结束，秋梧飘絮心力交瘁，选择了退出，而在此之前，阿悟、消失若默、水陌格格等，也都一一淡出视线。

我不敢妄言那段时间我自己的苦和累。当时，正好是大学的毕业季，5月下旬回到学校之后一直忙毕业设计，面对社团的千头万绪，每晚总要到半夜才能休息。6月4日毕业答辩终于结束，但随之而来的一些琐事，使我更分不开身，好在社团重回排行第一已成必然之势，我便放心地把社团交由舟中人打理，感谢舟中人的挺身而出和坚守，为江南烟雨社团第二季度末画上了一个圆满的句号。

这段时间我的重心全部放在毕业季上。6月14日，毕业答辩成绩揭晓，一颗悬着的心终于安定下来。15日晚上，在我和大飞的组织下，原电气7班（大一大二时的班级）进行了一次聚餐，晚餐上的疯狂和尽兴自然不必细表，饭后我们一起到操场上吹风说笑，谈论着大学四年以来的点点滴滴，谈论着彼此暗恋过的女孩，谈论着曾经牵过手的情侣……一股暖意顿时遍布全身。

将近22点，操场要关门了，女生们提出去KTV唱歌，我们十几个人便在学校附近的KTV疯狂到天亮。然而，未得休息，上午是学院毕业照，因晚上是学院谢师宴，所以下午干脆也不休息了，石腾飞和胡云更是在宿舍玩起了游戏。晚上谢师宴之后，想到马上就要分别，我们几个人约着一起到学校附近的“梦工厂”网吧连坐开黑，直到第二天凌晨一两点。回到宿舍，因我要回家，也顾不得睡觉了，黑着天收拾行李。见我不睡，洪鹏程便一直陪着我，不过谁也没有说话，我收拾我的东西，他玩他的游戏，眼看天要亮了，洪鹏程忽然关了电脑，说：“时间到了吧？我送送你。”一时间，我竟有一种想哭的冲动。或许，兄弟之间的感情，无须如何惊天动地，却总在一种无声里蔓延。

接连几天没有睡觉，我在火车上站着都差点儿睡着，回到家后也不得休息，办理助学贷款还款证明，看望生病的外公，参加不幸逝世的姨夫的葬礼，过了不到四天，便又回到学校。然就在我回到学校的第二天，外公也撒手人寰，追随外婆而去。人生无常，或许也不过如此吧！

在室友的共同商定下，我们在网上订购了一套宿舍纪念服，图案均是游戏《DOTA》里的人物，也算纪念这一段难忘的游戏时光吧！6月24日，办理毕业手续。6月25日，班级毕业照，晚上班级吃散伙饭，又是一夜未眠。6月26日，毕业典礼，中午过后毕业生开始陆续离校。随着身边的好友一个个背着行囊奔赴远方，我的心里失落落的。

6月27日早上，石腾飞去无锡，我去上海，相同的旅程，却选择了不同的班次，彼此错身，未知归路几何。临行前，胡云笑说，下次再回淮南，跟他说一声，一定热忱相待。

坐在火车上，看着不断倒退的景致，想着不断远去的淮南，以及越来越近的上海，我的内心翻江倒海，久久难以平复。

回到公司，终于等到网络正常，我打开电脑，看到江南烟雨社团的排名已经重新回到了第一，一时间百感交集。我知道，接下来的第三季度，还有一场硬战等着我们。7月，我顶住压力废止了代发名家作品的举措，单靠我们自己写手的作品，在大家的不懈努力之下，硬是守住了第三季度的排名。

然而，老一辈成员的不断离去，新作者的青黄不接，加之自己生活工作上的琐事太多，我也无暇分出更多精力去顾及社团，纵是铁打的我也渐渐感到疲倦。9月初的编辑会议上，我提出了退隐，不顾大家的意外和挽留，在看到社团第三季度排名第一尘埃落定之后，咬咬牙，狠狠心，终于在10月初正式退出了。

回想起在社团的这一路，走得可谓真心不平凡。可不是吗，可以说我的所有文字家当、所有情感，都寄托在了这里，而几乎一大半美好的回忆，都与社团有关。或许，像去年下半年数十好友欢聚一堂的美好时光终将不复再现，今年第二季度同心同德努力奋斗的岁月也将成为历史，但至少，我来过，而来过，就是存在。

我离开江南烟雨社团，逐渐将重心放在工作上。回归现实的我，感到一种彻头彻尾的踏实和舒心。偶有写手跟我抱怨，说现在的社团让他觉得很陌生，再也没有了当初的感觉。但我想，正是因为如此，仍然坚守在社团的作者和编辑，才更加让人尊敬，也更加伟大吧！

或许，现在的社团只是缺少一次涅槃重生的机会，也或许，它缺少的只是一股可以凝聚起所有人的精气神，更或许，它什么都不缺，这样顺其自然，才是最好的归宿。

用了万余字絮絮叨叨讲述了自己十年的经历，我却不知道这到底算什么。心情？日记？还是散文？或许都是，或许都不是。然，又有什么关系呢？我提笔的初衷，只是铭记——记下这些年的所有美好与不美好，记下这些年藏在心底最深的感动，以及那些值得铭记的人和事。

能够做到这些，就足够了。

2013年12月22日，于上海

手机

今年“五一”假期，与文友云正兄去镇江拜访好友陶然。作为东道主，陶然当晚热情地邀请我们去电影院看电影。电影是陈正道执导的《催眠大师》，故事情节的离奇诡谲已经忘却了，我却对影片中徐峥使用的苹果手机印象犹深。

《我们都是坏孩子》里，女主角使用的也是苹果手机。自从苹果公司开始进军手机领域以来，苹果手机几乎成为众多电影电视中手机的标配，极尽恩宠，待遇甚佳。2007 年《变形金刚》第一部刚刚上映，迈克尔·贝在影片中不着痕迹地为诺基亚打广告的时候，恐怕做梦也不会想到，今年的苹果和三星会走这么远。人生无常，际遇跌宕，大抵不过如此吧！

说起来我倒十分佩服陈可辛。《中国合伙人》上映的时候，诺基亚已经在走下坡路，而影片中成东青、王阳等人使用的无一不是诺基亚。这就好像花大价钱买进一只过了气的股票，明知会跌，却仍以此来博取同情分。事实证明，这一大胆的尝试还是收获了良好的效果。国人是恋旧的，曾经的经典，总是能在不经意间触动人内心深处最柔软的部位。而诺基亚作为道具，也更真实地还原了当时的社会科技水平，着实高妙。

韩国电影都喜欢拿索尼、三星作为影片中的手机道具，欧美好莱坞大片里苹果、诺基亚不一而足，大都有意无意地为本土手机做宣传，而中国却好似一个特例。近年以来，本土不乏优秀手机品牌，小米、魅族、联想、酷派，市场上卖得火热，却很少在影片中占得一席之地。都说民族文化体现在方方面面，单是此一项，足见端倪。

让我印象特别深刻的是 2011 年 TVB 的作品《潜行狙击》中，所有人的手机铃声都是索尼爱立信的手机音乐，不知导演是有意为之还是无意造就，几乎成为剧作的一大特色。每每看到精彩处，手机铃声响起，观众都分不清到底是谁的手机在响，也亏得剧中人能保持如此高度一致的审美观，且从来不曾漏接、错接电话。

以手机为主题的电视剧目前来说并不是太多，在穿越剧大行其道的今天，偶尔会拿手机作为一个噱头，却也只是点到即止。《魔幻手机》算是一个特例。在这部定位不知是穿越还是神话抑或科幻的电视剧里，手机不再是无知之物，它不但有了人工智能，更能变化成人形，像人类一样思考，甚至具有感情。

冯小刚导演的《手机》讲的是由一档《有一说一》的电视栏目引起的一系列悲欢离合的故事，这部剧我没有细看，不说也罢。而自从《午夜凶铃》开始，座机电话、手机从此在恐怖电影中占据了一席之地，其中《第十九层空间》很具代表性。

《第十九层空间》讲述的是大学生春雨因为深陷一款手机短信游戏，不得不面对各种恐怖的地狱考验，随着身边好友因为这个游戏一个个死去，地狱的谜底也慢慢揭开。这部电影取材于蔡骏的小说《地狱的第19层》，我是先看的小说后看的电影，不得不说，电影更具感官刺激，但文字所能勾起的那种令人毛骨悚然的发自内心的恐惧，则是电影完全无法相比的。

记得初看小说《地狱的第19层》，正是学校举行运动会期间，我躲在书店里从早看到晚，用了一天半的时间看完了蔡骏的“荒村”系列作品集。晚上回到住处，深夜偶尔听到隔壁的手机铃声，吓得不敢上厕所。或许这便是小说与电影之间的本质差别。

当然，科技发展到今天，人们自然不会再去玩花钱的短信游戏，随着智能手机的普及，各种游戏客户端，甚至手机网游，画面都做得尽善尽美，更有甚者，手机与电脑终端可以同时玩同一款游戏。人们在享受手机游戏带来的便利和快感的同时，却也失去了最初的欢乐与畅快。

儿时三五伙伴围在一起玩任天堂红白机的温馨画面随着时代的洪流滚滚而过，消失不见。曾经的诺基亚经典游戏《贪吃蛇》也在时间的流逝中演化成了无数个版本，取而代之的是《切西瓜》《酷跑》和《捕鱼达人》之类的耐玩游戏。或许，一代版本一代神，真的适用于所有领域吧，即便是手机也不例外。

迄今为止我用过三款手机。因自小家穷，直到高中毕业，还不曾拥有一部真正属于自己的手机。高考结束，我拿出之前零零散散积攒起来的700元钱，购买了自己的第一部手机。

当时正值国产手机泛滥，我选择了金立N75，金属色的外壳，黑色的后盖，厚重、有质感，2. 4 英寸的手机屏幕在当时也颇为主流。能上网，能看视频，听音乐，看电子书，在当时来说，也算基本能满足需求。

然则进了大学以后，受身边同学的影响，手机的用途也多了起来，我才慢慢发现，这款手机并不能满足足够多的需求，于是，一年之后投转阵营，我选择了诺基亚 5320XM，是当时卖得非常火爆的塞班系统智能手机。

这部手机跟随我的时间最长，因而也最有感情。蓝色的边框、小巧的屏幕，无一不透出“精致”二字，我记得那时候的 5320 论坛是所有手机论坛中最热闹的，手机的兼容性、稳定性也都堪称完美。这样一部只有 128 兆机身内存的手机，居然能一边挂QQ，一边玩 103 兆的《雷神之锤》游戏，这在当前追求高配的安卓世界，你敢想吗？

因当时还没有电脑，我更是用这部手机，完成了包括《神捕》《剑起苍澜》在内的数部小说，加起来共有十几万字的作品的创作。直到参加工作以后，我才改换了目前正在使用的联想A 820。而那部诺基亚，除了电池寿命不永，其他竟如新机一般。不得不说，诺基亚的质量品牌，的确有着深厚的底蕴。遗憾的是，这部手机借给一个同事，后竟被此君辞职时一并带走，从此不见归期。

到了第三部手机，也就是现在正在使用的联想A 820，反倒不是那么在意功能配置了。手机，我无非就是接打电话、上网，功能太多反而不方便。或许随着自己心理年龄的成熟，反倒越来越追求电子产品功能的单一性吧。

而每当看到身边人都是清一色使用苹果、三星品牌的手机，总是生出一些感慨来。现如今，智能手机市场愈演愈烈，几乎每天都有新机型出现，而外观高度同质化的今天，比拼高配置又成了一种畸形竞争。有许多手机的主频配置甚至高过了计算机，核心数也达到了所谓的八核。

自从苹果涉足手机领域，自此引发了电子科技的风暴，首先是塞班的瓦解，安卓的强势崛起，其后依次上演过摩托罗拉的昙花一现，国产阵营的纷纷倒戈，直到三星帝国奇峰突起，微软系统的横空出世，才正式形成了如今的三足鼎立之势。

诺基亚的没落，吃亏在不肯抛弃塞班系统，既定的成功让他们不敢轻易做出新的尝试，甚至在安卓已经以秋风扫落叶之势统治全球的时候，仍然苦苦挣扎，等到终于醒悟，投身微软，为时已晚。

一代版本一代神，时代在变，人们接受新事物的方式、眼光也在随之改变，过去的辉煌只是历史，我们不可能永远活在曾经的成功里。尤其在移动电子这一领域，经验并不是万能钥匙，创新才是前进路上不竭的源泉。

其实岂止手机，人生何尝不是如此呢？

五六年前，在我的高中时代，尚不知手机为何物，日子每天也过得精彩纷呈；而如今，手机作为学生必备配置登陆学校，也同样风生水起。就如几年前，我们对着单机游戏《贪吃蛇》和《扫雷》乐此不疲，如今上百万款大型华丽游戏竞相争逐，也能津津有味。苹果公司自从乔布斯去世，其后的几代产品愈加没有了新意，只能在手感体验和系统优化上做文章，好在品牌魅力使之屹立至今。逆水行舟，不进则退，果然是人生至理。

安卓的成功得益于系统开源和不逊色于苹果的配置体验。随着三星的如日中天，国产品牌如联想、酷派、华为、小米、魅族也纷纷强势登顶，在手机领域占据了自己的一席之地。而自从小米的期货先例一开，跟风者何以百计。甚至诞生出小辣椒、小宇宙等手机“怪胎”。但不论如何，这对国产手机来说是一个绝好的契机，随着“中关村”和“太平洋”等网站公布的手机排行榜，国产手机瓜分世界前十，也预示着国产手机正式进军世界。

沧海横流，大浪淘沙，或许在若干年后，又会有新的手机系统甚至更具创新的功能出现，只要我们敢于去相信，敢于去接受，一切皆有可能。不止手机，世间草木，万事万物，人生境界，大抵如是。

我不禁想起了当前的文学现状，随着网络文学的急剧发展，传统文学也不得不承认网络文学的作用甚至向其妥协，江山文学网站是将传统文学移居到网络上的一个鲜活的例子，随着各地网络作家协会的成立，文学之路，便又多了无数种可能性。

手机如是，文学如是，人生亦如是。

新的血液，新的思想，新的征程。只要我们愿意去接受，去相信，天下坦途，吞吐由心。

飞雪连天射白鹿

武侠小说由来已久，然说起它的推广和鼎盛，有一个人始终绕不过去，那就是金庸。金庸，一个被武侠迷们津津乐道几乎说烂了的名字。珠玉在前，当我写下这个题目的时候，心头不由惴惴，浅薄妄语，恐不足以表达金书精髓之万一。

金庸晚年曾用一副对联概括自己平生所有作品（除了短篇《越女剑》），即“飞雪连天射白鹿，笑书神侠倚碧鸳”。这次有幸与

ran.t 大哥共同完成这个金书评论系列，荣幸之余，倍感压力，虽有压力，仍当尽力。金庸引过一句古语，“虽千万人吾往矣”。这大致也是我目前在 ran.t 大哥和众多超级金迷面前的心态。一笑之后，书归正传。

《飞狐外传》：少年子弟江湖老

金庸笔下少年众多，从袁承志到郭靖、杨过，再到胡斐、张无忌，无一不令人印象深刻。而金书众多少年中，写得最好的，我以为是胡斐和张无忌。

张无忌自不必说，《倚天屠龙记》有近一小半的篇幅都在讲述张无忌的童年，对小张无忌的刻画格外用心也格外成功。而胡斐不同，对于胡斐的童年，《飞狐外传》中只有“大雨商家堡”等短短两三章的介绍，然而我却认为，这一节的精彩绝伦之处，是金庸笔力至高境界的体现，其精彩程度甚至不亚于光明顶之战给人带来的震撼。

表面上看，《飞狐外传》是为《雪山飞狐》写的前传，胡斐也终于以主角的身份开始正式登台亮相。然而只要细心一些就会发现，《飞狐外传》虽然和《雪山飞狐》借用的是同一个江湖背景，故事却是独立的，和《雪山飞狐》并没有太多必然的关联。

《雪山飞狐》中着重塑造的是胡一刀，厚此薄彼，胡斐的形象反倒不是十分清晰。到了《飞狐外传》中，胡斐成了主角，本以为可以让我们更加深入地了解他，惜乎长大了的胡斐越来越平庸，越来越不可爱。相比之下，反而是孩童时代的小胡斐让人更加喜欢。

小胡斐一出场便颇有英雄气概。"突然间一个黄瘦男孩从人丛中钻了出来，指着苗夫人叫道：'你女儿要你抱，干吗不睬她？你做妈妈的怎么一点儿良心也没有？'这句话人人心中都想到了，却由一个乞儿模样的黄瘦小儿说出来，众人心中都一怔，只听轰轰隆隆雷声过去，那男孩大声道：'你良心不好，雷公劈死尔！'戟指怒斥，一个衣衫褴褛的孩童，瞬时间竟是大有威势。"

果然英雄出少年。

其后胡斐与赵半山联手退敌的一段更是令人叫绝。正所谓有志不在年高，一个不惧生死、义薄云天的英雄少年跃然纸上，着实让人发自内心地喜欢。

商家堡之后，笔锋一转，胡斐已经长大，长大后的胡斐英雄气概尤甚——打抱不平、惩恶锄奸、不惧豪强。即便是为了一个素不相识的钟阿四，他也敢于站出来向凤天南讨个公道，甚至不惜千里追赶。

什么是英雄？是否你统辖九卫，名镇一方就是英雄？是否你杀人百万，伏尸九姓就算英雄？是否你欺压良善，把自己的骄傲高压在别人的人格上就是英雄？

不是，英雄是冷静的承诺，是悲天悯人的胸怀，金庸在郭靖“侠之大者，为国为民”的“大侠”之后，从另一个角度，为我们阐述了“小侠”的本质。

《飞狐外传》里的爱情描写算不得很出彩，却塑造出了一个绝无仅有的女性形象——程灵素。如果要评选金庸笔下最悲情的女子，我相信很多人都会不约而同地想到她。程灵素的悲剧性与凌霜华、岳灵珊有所不同，凌、岳的悲剧多是外界因素造成，人物本身并没有太多选择的余地，令人扼腕叹息之余，却也在情理之中。

为什么说程灵素在金书中绝无仅有？程灵素容貌不是很漂亮，甚至说有点丑都不为过。“那村女抬起头来，向着胡斐一瞧，一双眼睛明亮之极，眼珠黑得像漆，这么一抬头，登时精光四射。胡斐心中一怔：‘这个乡下姑娘的眼睛，怎么亮得如此异乎寻常？’见她除了一双眼睛外，容貌却是平平，肌肤枯黄，脸有菜色，似乎终年吃不饱饭似的，头发也是又黄又稀，双肩如削，身材瘦小，显是穷村贫女，自幼便少了滋养。她相貌似乎已有十六七岁，身形却如是个十四五岁的幼女。”

自古英雄配美人，金庸选择这样一个容貌丑陋的女子作为主角，可谓一大创新。要知道，他笔下的女性，特别是稍微重要的女子，无论正邪，不是清丽脱俗，就是娇媚如花；碰上年长些的，年轻时候也一定是名动江湖的大美人。好不容易出来一两个难看的，比如梅芳姑、殷离等，那也是因为种种曲折毁去了原本如花的容貌。像程灵素这般天生丑陋的倒是金书中的一个异数。

程灵素的另一个特殊方面表现在她的聪明。她的聪明不同于赵敏、黄蓉式的小聪明，而是精于算计，却又包容着博爱的精明。她的爱很隐晦，像一阵风，又像一个虚无缥缈的影子，不可捉摸。程灵素在很大程度上和阿朱相类，为心爱的人精心打算好了一切，甘于牺牲自己成全所爱之人，所以，这是一种博爱。

总而言之，《飞狐外传》的后半部分因为程灵素的熠熠光彩，弥补了胡斐长大后个性暗淡给全书造成的缺陷，使它成为超出了一般意义范畴的武侠作品。作为大作缝隙之间的小歇，金庸笔力的游刃有余依然表现得淋漓尽致。

《雪山飞狐》：中国的《罗生门》

从来没有看过哪一部武侠小说的主角名字是如此随意：胡一刀、苗人凤。听起来颇像一个二流门派掌门人的名字，毫无特点可言。然而，就是这普通得不能再普通的名字，在金庸的笔下，却能翻腾出荡气回肠的江湖传奇！

《雪山飞狐》与《神雕侠侣》几乎是同时写的。那时候正是《明报》最不景气的时期，金庸同时写两部风格迥异的武侠小说，在《神雕侠侣》大肆渲染爱情主题的同时，《雪山飞狐》则从另一个角度，展示出了一个别样精致的江湖世界。

是的，精致。思来想去，也唯有这两字可以表达我对《雪山飞狐》的印象。

许多人看过《雪山飞狐》，都说此书中隐隐有《罗生门》的影子。这话并不是毫无根据的。《罗生门》是日本著名导演黑泽明根据同名小说改编的享誉世界的经典名片，讲述了一群人在雨天聚在罗生门，因为一个武士被杀的案件，各人就将自己所看到的杀人经过在审判官前进行叙述，竟然各有不同的讲解，版本多多，真伪莫辨。《雪山飞狐》的整体结构与之颇有类似之处，也是通过几个人的不断回忆，重现胡一刀和苗人凤决战的真相。不同的人叙述不同的故事，正好也反映出每个人不同的品性和思维。

事实上，《雪山飞狐》是金庸投身影视事业后写的一部小长篇，受到外国影视作品的影响不足为奇。而金庸的高明之处在于，他显然不是纯粹模仿那么简单，而是通过相似的外在结构，表达东方“侠义”的内核与思想，从而塑造了这部独一无二的武侠小说。

《雪山飞狐》的确好看。结构的庞杂绵密，线索的交缠互织，铺成了一张巨大而紧凑的网，千头万绪，包罗万象。金庸在这部篇幅不长的小说里第一次展现出他强大的驾驭文字的功底，这种能放能收的创作手法，在此处小试牛刀，为以后的大部头创作打下了坚实的基础。

另一个看点是关于主角的设置。《碧血剑》中，金庸不惜用很大篇幅来解释小说的主角是夏雪宜和袁崇焕，但效果并不是很好，虽偶有神来之笔，但主要光芒仍然集中在袁承志身上。而《雪山飞狐》恰恰相反，表面上看，主角是胡斐，而只要是看过小说，都会知道，胡斐不过是伪主角，真正的主角是胡一刀。这种隐性主角的设置，在《碧血剑》中算一次不太成功的尝试，到了《雪山飞狐》里，尽显风姿。如此奇特的构思，如此别致的想象，奇哉，美哉，壮哉！

胡夫人我则以为是金庸众多武侠小说中最为成功的女性角色之一。小说中对胡夫人的着墨不是很多，然则就是这几笔描写，一个英姿侠烈、气盖云天的女性形象跃然纸上。胡夫人虽为女流，但为人见识、胸襟气度绝不亚于须眉，尤其是最后自杀殉夫，着实让人血脉偾张，可敬可佩。“我本答应咱家大哥，要亲手把孩子带大，但这五日之中，亲见苗大侠肝胆照人，义重如山，你既答应照顾孩子，我就偷一下懒，不挨这二十年的苦楚了。”这般见识，这般气概，果真奇女子！惜乎自此而后，金书中再不复此类英烈女子的风采，着实是一大憾事。

最为诡谲的还是结尾。胡斐的那一刀到底有没有劈下去，作者留下了一个巨大的悬念，也形成了这部小说最为诡异的结局。我看过许多版本的《雪山飞狐》电视剧，对胡斐、苗人凤决战的处理不尽相同，想来也是不同导演对这个结尾的不同理解所致。这一刀是劈，还是不劈？我相信看到这里，每一个读者都将自已化身成了胡斐，代替他来做这个抉择，而后的无尽遐想及后续故事，都只能存在于每个人的想象中。

这正是金庸的高明之处。

《雪山飞狐》之后，类似《罗生门》式的故事结构，在《天龙八部》

杏子林中再次得以重现，作为大作中的一处小情节，杏子林众生相的气势风采，写活了乔峰，写活了丐帮，也写活了天下英雄。比之《雪山飞狐》的精巧构思，杏子林中更加挥洒自如，多了一分潇洒写意的神韵。

与之类似的小说结构在后世作品中并不多见，虽偶有模仿者，但水平的天差地远，决定了其质量不可以道里计。而值得一提的是，在台湾女作家菖蒲的“韦苏”系列作品中，以众多人物回忆同一段往事的这种创作结构得以完整重现，其中《相思门》最能体现其精髓。或许由于阅历、思维所限，《相思门》的深度和影响远不如《雪山飞狐》，但对这种创作构思的灵活化用，让我们能够在金庸封笔若干年后，再一次领略其玄妙精彩之处，幸甚至哉！

《连城诀》：人世间的大悲大苦

毫不夸张地说，《连城诀》是我看过金庸小说中最为郁闷的一本。这主要体现在它的整体基调上，就像压着一层厚厚的乌云，让人喘不过气来。

《连城诀》一书对人性贪欲的揭露简直令人发指。全书以狄云做引，写出了一系列形形色色充满贪念的江湖人，有表现在明面的，如血刀老祖、花铁杆、凌退思等，有暗地里玩心计的，如戚长发、万震山、万圭等。身边的人一个比一个不可理喻，一个比一个危险，甚至给人一种看不到希望的感觉。直到最后，雪山上的那个少女的轮廓逐渐清晰，才真正打破了这种沉寂，使小说多了几分盎然之意。着实有“风乍起，吹皱一池春水”的惊艳。

我始终不太明白金庸在后记中提到那个长工和生的用意何在，或许只是因为这个和生正好是狄云的原型。狄云这个人物，身上并没有太多出彩的地方，然而一生之悲苦，却创了金书之最（游坦之一生也惨，不过大部分出于自愿）。狄云一生所遇之人，十有八九是奸邪之辈，这一点和儿时的张无忌有点像，但两人的处世态度截然不同，狄云选择了逆来顺受，而张无忌却敢于站起来反抗。一个是十来岁的乡下孩童，另一个是出身名门的少年，一比之下，高下立判。

但狄云身上并非毫无优点。尽管他遭人陷害，众叛亲离，甚至有时候自暴自弃，开始有些认命，但是心底深处的那一抹善良始终没有泯灭。牢狱之中帮助丁典是如此，雪山下救水笙也是如此，这一点在最后所有人都在为《连城诀》的宝藏着迷时表现得尤为突出。

凭彼时狄云的能力，未尝不能约束众人，将宝藏据为己有，然则他却选择了悄然隐去。或许狄云不能做到“大我”的兼济天下，但“小我”的独善其身，无疑是相当出色的。

丁典和凌霜华的恋情是《连城诀》乃至金庸所有小说中为数不多的一段悲情故事。尤其凌霜华对丁典的矢志不渝，至死无悔，读来令人颇感动容，潸然泪下。

丁典是英雄人物，凌霜华也非泛泛之辈，尽管两人的爱情故事让人唏嘘，但也让人敬佩。相比之下，狄云对于戚芳，二人见识上自不必说，当狄云出狱误打误撞来到万震山家见到戚芳之时，狄云的表现虽说情有可原，但与丁典、凌霜华比起来，显然落了下乘。“听得她如此深情款款地呼叫自己，大喜若狂之下，便要应声而出，和这个心中无时不在思念的师妹相见，但他刚跨出一步，猛地想起：‘丁大哥常说我太过忠厚老实，极易上别人的当。师妹已嫁给了万家的儿子，今日周圻死在我的手下，怎知道她不是故意骗我出去？’想到此处，立即停步。”

说到戚芳，她的悲剧性与岳灵珊颇有几分类似之处。同样爱上自己的师兄，同样有一个心机深重、野心勃勃的父亲，又同样大师兄被自己的父亲陷害，最后自己嫁为他人妻，就连结局都是一样，死在了自己丈夫的手里。

不论是戚芳还是岳灵珊，她们都是政治阴谋的牺牲品，是时代的悲哀。

《连城诀》原来并不叫《连城诀》，在《明报》连载的时候，它最初的名字叫作《素心剑》。素心素心，只是不知道，在这样一个贪欲横行，人吃人的世界里，到底有几个人，可以真正做到素心如帛，不染纤尘？

《天龙八部》：登峰造极的爱恨情仇

据说阿紫眼睛瞎了那段是金庸去新加坡期间，由倪匡代笔写出来的。又据说金庸后来修订《天龙八部》时将倪匡代写的那部分删去了，是不愿掠人之美。但不管怎么删，那一段里倪匡的影子，到底没能完全消除。但所谓错有错着，我反倒认为，这对阿紫来说，是最好的结局。

我一直觉得，阿紫是金书中最可爱的反派。的确，不论她怎么任性，怎么心狠手辣，就是让人恨不起来，甚至不能将她当作一个反派来看待。这便是阿紫这个人物的成功之处。

阿紫的确是坏。坏到什么程度？一出场，她便逼死了段正淳忠心耿耿的家臣褚万里，其后更是以残忍的手段杀死马夫人，更不论辽国南院大王府内，对游坦之的非人折磨了。这样的行径做派，处处透着一个“邪”字，很难让人与一个娇滴滴的十几岁的小姑娘联系起来。

但追根溯源，其实也并不奇怪。阿紫从小与其母失散，流落星宿派与丁春秋、摘星子之流为伍，耳濡目染，心术不正自是正常，或许在她看来，杀死个把人与自己的那些师兄弟比起来，根本算不得什么，这也是周边环境所决定的。然阿紫是幸运的，幸运之处在于她有一个好姐姐，也有一个英雄盖世的姐夫。在这个姐夫的影响下，阿紫的邪性有所收敛，却在不知不觉中情根深种，也由此注定了其命运的悲剧性。

金庸笔下邪派女子很多。从《碧血剑》中的何铁手，到黄蓉、赵敏、任盈盈，金庸似乎很喜欢写这种亦正亦邪的女子，而且都写得形态各异，顾盼生姿。“小东邪”郭襄其实并不邪，留给人的印象反而是痴情——对杨过的痴情。相反，郭芙的人物形象塑造与阿紫颇有异曲同工之妙，甚至在相当长的一段时间里，我都将郭芙看作阿紫的前身。

郭芙出身英雄世家，自小便被父母的光环所笼罩，一生所遇，无一不是百依百顺，特别是大武、小武近乎小丑般讨好，更是强化了她娇纵的心理，所以当杨过不正眼瞧她的时候，她才会对杨过生出一种难以言喻的恨意。其实也不能说是恨意，应该说是女性特有的一种虚荣心在作怪，认为自己百般好，却得不到别人的赏识，自然心里不服，于是就会想方设法地去证明自己。而女性证明自己的惯用手法就是，自己得不到，别人也休想得到，于是才有了那些在别人看来不可理喻的做法。可以说，杨过和小龙女之间的爱情之所以这般曲折、这般感人，很大原因是要归功于郭芙的。

于是我又想到了康敏。这个马夫人与郭芙也有几分相似，不过她更能隐忍，也更加恶毒。马夫人的第一次出场是在杏子林，那种我见犹怜、梨花带雨的姿态，那种含沙射影、步步紧逼的本领，都让人觉得心中一寒，这个女子，必是有着非凡的心机和超乎常人的忍性。事实证明，也确实如此。

记得有一次和老爸讨论金庸小说，老爸说金庸笔下没有真正该死的女子，我不服气，便举出了康敏，老爸也不得不认可。康敏的确是金书中唯一一个死了让人不觉得可惜的女人。即便恶名昭著如梅超风、李莫愁，临死之前的顿悟都能让人免不了感慨唏嘘。裘千尺是可恨，但对女儿尚有亲情；至于梅芳姑、何红药，更加让人恨不起来。康敏最后惨死于阿紫之手，倒也是恶人自有恶人磨，果真报应不爽。

《天龙八部》中的女子甚多，且不论甘宝宝的俏，秦红棉的爽，也不论刀白凤的疏狂，阮星竹的机智，单是一个阿碧，就足以让人沉醉其中，流连忘返了。“便在此时，只听得欸乃声响，湖面绿波上飘来一叶小舟，一个绿衫少女手执双桨，缓缓划水而来，口中唱着小曲，听那曲子是：‘菡萏香连十顷陂，小姑贪戏采莲迟。晚来弄水船头滩，笑脱红裙裹鸭儿。’歌声娇柔无邪，欢悦动心。”短短几句描写，一个温婉可人的江南女子的形象即展现眼前，如仙如画，着实妙手。

阿朱的出场更是令人叫绝。几乎以假乱真的几次易容、几番出场，将鸠摩智弄得哭笑不得。亏得段誉及时发现其中端倪，才使得这一俏皮少女显露出庐山真面目。而后二女戏耍鸠摩智，协助段誉逃出琴韵小筑的一段，更是精彩绝伦，让人大呼过瘾。

而阿碧、阿朱的出场虽好，但就好比皓月之光，难比烈日当空，与“水木清华，婉兮清扬”的木婉清比起来，仍显精彩不够。遥想木婉清一身黑衣，孤身破强敌，高崖上苦等段郎七日，而后同归大理的风采，着实余音绕梁，三日不绝。每每思及，都觉妙不可言。

王语嫣是金庸笔下极力塑造的一个女子，却如《书剑恩仇录》中的香香公主，《神雕侠侣》里的小龙女，因容貌过于美丽，反而少了一分烟火之气，反倒不为人所喜。其实若客观来看，王语嫣在《天龙八部》里，颇有一些不俗的表现。其一是在听香水榭，指点群豪，一个柔弱女子凭口舌之利，慑退群雄，该是何等的风姿；其二是在杏子林，与乔峰“龙爪手”“擒龙功”那段一唱一和，更是好似早已拟好剧本的精彩表演；其后，在磨坊里和段誉的耳鬓厮磨，共同击退西夏武士，更是柔情无限，无尽缱绻。

惜乎往后，再难见到有出彩的地方，这或许与《天龙八部》一书的格调有关——处处体现出一种佛家悲天悯人的大苦大悲，也或许与全书架构宏大、人物众多有关系。而新修版里王语嫣最后并没有和段誉成亲，而是回到了慕容复身边，更是可悲可叹。

段誉是我颇为喜欢的一个人物。他虽出身皇室，却没有纨绔世家子弟的骄纵跋扈，反而充满佛性慧根，风流倜傥，风度翩翩。虽偶有逃命之举，但在大是大非面前，又绝对把持得住。比如在无量山只身前往神农帮当说客，比如万仙大会上痛斥天山童姥，又比如少室山下强敌环视却不愿舍义兄而去……好男儿，好侠胆，好担当！

有人曾将张无忌和段誉放在一起相比较。张无忌少时饱受风霜，见识过的尔虞我诈、江湖争斗何其多，又有张翠山、谢逊、张三丰等多位江湖前辈的悉心教导，按理说，长大了的张无忌，该是一个当断能断、敢爱敢恨的人才对，但事实上，张无忌的拖泥带水、优柔寡断，颇为人们诟病。段誉则正好相反，出身皇室却一身侠气，着实难得。

段誉似乎继承了其父风流的本性，对爱情一物，智商几乎为零。尤其在追求王语嫣时，所表现出来的种种，让他在可爱之外，又多了几分痴傻之气。段誉追求王语嫣，近乎无赖，屡败屡战，这若是放在现在，恐怕也没有几个人能有这般勇气，真男人本色，赞之！

然，段誉身上最闪光的还是其善良的佛性，这是发自内心的一种精神品质。无论何时，不论何地，他都坚持对忠义孝道的尊崇，对真善美等道德底线的坚守。段誉在《天龙八部》里虽然时常碰壁，在书中为许多人物所不喜，到最后，却俱为他的风采气度所折服。他或许不是一个好皇帝，但绝对是一个好兄弟、好朋友。无锡酒楼上与乔峰千杯对饮，酒意纵横之下比赛脚力，那是何等快意！想来也只有乔峰这等豪气干云的大英雄大豪杰，才配交段誉这样肝胆相照，拥有一颗赤子之心的朋友。

虚竹的佛性与段誉不同。虚竹出身少林，自幼受佛家的熏陶，对教条戒律很是在意。可以这样说，虚竹本心向佛，但是更在意佛家戒律表面的东西，比如喝水前念经，比如不食荤腥、不杀生，等等。他知道去遵守，但并不知道为什么要遵守。在他的潜意识里，只知道不遵守是不对的，会被师父赶出少林寺，这一思想，即便在他武功大成，成为灵鹫宫主人的时候，仍然没有发生改变。

所以即便虚竹武功高得出奇，但其情商乃至智商，都与一个孩童无异。如果问虚竹是什么时候才开始成长起来的，我认为是在少室山下，玄慈大师和叶二娘双双自杀时，顷刻间得知自己最亲的两个人同时殒命，他失去了一直信赖的依靠，同时也失去了少林寺这个家。虽然关于此后虚竹的故事，金庸几乎没有一笔正面描写，但是从小屋遇阿紫、游坦之，再到西夏招亲，虚竹隐隐然已显露出领袖气质，对下属的调度，对事务的安排，都缜密非常，十分考究。

“君子暗室不欺”，这句话放在他的身上再合适不过。虚竹虽然信奉教条主义，但他的确称得上是君子。即便武功惊世骇俗，他也仍然不避讳自己所犯过的戒条，而这，正是品质的一种体现。而虚竹的佛性，也大抵源于此。

不论是破解珍珑棋局，还是冒死救天山童姥，抑或挺身而出大战鸠摩智，与乔峰、段誉并肩作战，这都是佛性的一种释放。因为在他简单但清晰的判断里，违背佛理的事情，自己就有责任挺身而出。而这种佛性，终于让虚竹跳脱了戒律教条的束缚，内化成一种心灵的自觉，完成了真正的蜕变。

除了父母同一日逝世外，促成虚竹这种蜕变的重要原因之一，还有女色。这是一件让人哭笑不得的事情。虚竹犯过很多戒律，喝酒、吃肉、杀人……这些无时无刻不在折磨着他的心灵，让他坐立不安，然而只有西夏冰库里所犯的淫戒，他能心安理得地坦然受之，且一直念念不忘。

女人啊，真是改变《天龙八部》里人物命运的重要因素。这是一个十分有趣的现象。段誉因王语嫣而辗转江湖，虚竹因为银川公主解不开贪恋痴嗔，而乔峰，当真成也女人，败也女人。

我看到有人曾经这样评价乔峰，说他这一生的所有遭际，都与女人有关，的确有一番道理。第一个女人是康敏，可以说康敏的出现，使得乔峰的江湖地位从天堂跌进地狱，让他陷入无尽的磨难之中。而他生命中的第二个女人，阿朱就在这时出现了。阿朱在乔峰最无助的时候给了他力量，然而天意弄人，这个自己心爱的女人却死在了自己手里。乔峰的后半生，与一个叫阿紫的小姑娘紧紧相连，至死不休。

在提笔写乔峰之前，总难免心中一阵叹息。英雄末路，美人迟暮。利锁名缰，终归尘土。

我一直认为，乔峰是金书所有英雄人物中最光彩照人的一个。但凡乔峰出场，所有人物都黯然失色，剧饮千杯男儿事，杏子林中，商略平生义。令人拍案叫绝的人物出场，着实让人目不暇接。而后只身携阿朱独闯聚贤庄，何等豪情万丈！雁门关前，小镜湖边，与阿朱的温情无限，又何其令人向往！至于苍茫踏雪行，乱阵之中十荡十决平定辽国内乱，勇哉，壮哉，伟哉！再至少室山下，一声“萧某大好男儿，竟和你这种人齐名！”怎能不教人大快人心？

正所谓沧海横流，方显英雄本色，此时已成为萧峰的他一生光芒万丈，在中原如此，在契丹依然如此。他是一位好领导，也是一代武学宗师。他能带领丐帮威震天下，令西夏不敢越雷池一步，也能仅凭一套“太祖长拳”破尽天下招式，杀得群雄无招架之力。他是一座巍峨的高山，高得让人只能仰视。“降龙十八掌”，天下阳刚第一，“排云双掌”（萧峰最得意的武功，曾以此击毙大熊），气贯长虹。这是他的武功。而“刚极易折”，也难免成为其悲剧的注脚。

萧峰的爱情观一直为人津津乐道。所谓的生死不渝，大抵也不过如此吧。早在《射雕英雄传》里，黄药师一身邪气，却独对亡妻念念不忘，已是令人敬佩。而到了萧峰，当这一段感情真真切切地摆在读者面前，岂能不令人动容？岂能不令人潸然泪下？以至于在若干年后，萧峰与辽国皇帝提起这生平最大恨事，仍是耿耿于怀，不能原谅自己。可悲萧峰，可叹萧峰，可怜萧峰！

故言：萧峰之后，再无英雄。

除了人物刻画之外，我一直认为，《天龙八部》一书，结构的宏大而有序，是一个不能不提及的亮点。

如果不算《碧血剑》的话，《天龙八部》是金庸小说中唯一一部多主角的武侠小说（《碧血剑》的后记中说它的主角为袁崇焕和夏雪宜，勉强算多主角）。全书也因此分为四个大部分。第一部分自无量山剑湖宫比武到段誉被包不同所激深夜泛舟离开慕容家为止，主要讲述的是段誉。其后从无锡段誉遇乔峰到乔峰平定契丹内乱当上南院大王，这一段则主要讲述乔峰的坎坷际遇。随后游坦之作为一条引线，把叙事的线索从辽国引至中原，第三位主人公出场：从破珍珑棋局，获得逍遥派无上内力，到少林寺内大战鸠摩智，说的是虚竹的故事。而少室山三人团聚，再到后来的西夏招驸马，直到最后段誉虚竹率群豪营救萧峰，萧峰雁门关舍生取义，则真正完成了三者的融合，使得整个故事浑然一体，有如羚羊挂角，不着痕迹。

《天龙八部》结构庞杂，算创了金书之最；人物之多，也创了金书之最；写作时间之长，更创了金书之最。《天龙八部》是一部奇书，雄奇瑰丽，令人叹为观止。前面三条主线，到最后合为一体，其中夹杂的旁枝末节何其多，而都能做到收放自如，得体有序。作者仿佛织就了一张绵密的大网，将一切包罗其中，却又毫不混乱。

《天龙八部》武功的炫彩夺目也创了金书之最。姑且不论刚猛如“降龙十八掌”，凌厉如“六脉神剑”，飘逸如“凌波微步”，抑或“以彼之道，还施彼身”的姑苏慕容，再或者亦正亦邪的段延庆，又或是智勇双全的鸠摩智，都让人眼前为之一亮。

最难忘怀的还是逍遥派。在《天龙八部》的乱世里，担当了一把中流砥柱的作用。逍遥派虽不能算作中原正统，不为少林等大派所看重，甚至被视为邪派，但是我们也不能否认它的实力之强。君不见，薛慕华只不过是“聋哑老人”苏星河的一个小弟子，都能够在江湖上享誉神医的名号；君不见，丁春秋不过是无崖子的一个未得真传的徒弟，“星宿老仙”的名号也震怖武林；君不见，灵鹫宫单靠三十六洞、七十二岛一众牛鬼蛇神就差点儿将慕容复困死其中……更不要说天山童姥“杀人不用第二招”的传奇神话了。

《天龙八部》的三个主角中，段誉和虚竹的武功皆出自逍遥派，“凌波微步”果真有如洛神仙子翩翩起舞，罗袜生尘，“天山折梅手”更是飘逸绝俗，令人赏心悦目。“八荒六合，唯我独尊”独有一股睥睨天下的霸气，“生死符”却多了几分阴寒毒辣的气息……

《天龙八部》一书的武功固然精彩，但若仅仅停留在这个表层，尚不足以成就这一部经典扛鼎之作。更为难得的是，《天龙八部》处处透出佛家的悲悯之情，每一个人都不能逃脱人生八苦，包括他们的欲望、痴念、悲欢，一切空幻。

鸠摩智泥地开悟，才发觉原来佛在心中；萧远山大仇得报，却感到无处可去；段延庆为复位历尽苦难，还不如有一个儿子重要；游坦之铁罩加头、双眼不要仍痴情不改；阿紫最终还是悬崖一跳；天山童姥和李秋水互夺情郎，无崖子爱上的却另有其人；慕容博以死待机，终要皈依我佛而亲子失智……

所有的人无不在这痴迷圈中奋力争斗，但总是失意无奈，痛苦相伴，最终还是要在这苦难中寻求解脱，悟者看透空幻，迷者苦撼难填。《天龙八部》中被破的珍珑棋局，最能讲述这种人生哲理。苏星河为传师艺，布下珍珑棋局，当局者无不或痴或迷，或贪或念，无法看透生死人生，无法看穿世事得失，只有小和尚虚竹无心插柳，却功成名就，写出了金庸对这世间人生求不得、不可求，唯有破除法我两执，以达无我的真谛。

我不懂佛法，读不懂金书中那些饱含佛理的字字珠玑，但是仍能从开篇那段“释名”和结尾处陈世骧老先生的两封信中看出一些东西。尘世间的欢喜和悲苦，在佛教中通通认为一切皆苦，纯苦无乐，只是世人不知，往往便以苦作乐，可悲之极。佛学认为人生有八苦，是为生苦、老苦、病苦、死苦、求不得苦、爱别离苦、怨憎会苦、五阴炽盛苦。不管你是普通人还是绝世英雄都得面对、拥有这八苦，以至于上天诸神也会有悲苦。《天龙八部》的中心正是写出了世人面对八苦的种种心态，特别是对佛教因果业报循环思想的至极体现。

或许正如陈世骧先生在信中所说：“书中的人物情节，可谓无人不冤，有情就孽。”这，大概正是《天龙八部》一书所要表达的要旨吧！

《射雕英雄传》：气势恢宏的历史画卷

《DOTA 回忆录》第九期里有这样一句话：“以现代人的眼光

去审视那个年代的个人和团队技术是可笑的，哪怕是茹毛饮血的原始社会，也有神农氏、燧人氏这样的先贤智者，足够你顶礼膜拜！”这句话放在武侠小说，放在《射雕英雄传》里，同样适用。

武侠小说发展至今，各种风格、各种套路相互争奇斗艳，既有古龙行云流水式的潇洒写意，也不乏黄易天马行空般的纵横驰骋，发展到今天，更是有“北晴川，南凤歌”之争，步非烟“革命”之说，孙晓更是妄图以一部《英雄志》一统天下武侠的版图。可谓纷繁驳杂，门类众多。

用当世人的眼光来看待《射雕英雄传》，光以情节而论，或许在金庸的众多作品中，它不能算最出类拔萃的，但在当时来说，《倚天屠龙记》未出，《天龙八部》未生，更没有诞生《笑傲江湖》《鹿鼎记》的传奇，单以《射雕英雄传》对武侠小说界格局的影响，它的确能算得上一部载入史册的巨著。

《射雕英雄传》是金庸真正意义上的成名作，这部作品一举奠定了他武侠宗师的地位。它的成功体现在方方面面，而最为突出的特点，则是武侠与历史的完美结合。将武侠世界置身于滚滚历史洪流中，赋予作品以非同寻常的厚重与沧桑，将小说的品格提升到一个在当时难以企及的高度。

《射雕英雄传》写活了两个历史人物：一个是丘处机，一个是成吉思汗。丘处机是全真教“全真七子”之一，历史上关于丘处机的记载，最多的莫过于他不远千里与成吉思汗见面，传授长生不老之术，推广“止杀令”等。而《射雕英雄传》则非常真实地为我们还原了那一段战火纷飞的历史，丘处机不是神仙一般的仙风道骨，也不是传说人物一般的不可侵犯，而是有血有肉的真实存在。看完《射雕英雄传》，也许没有多少人能叫出“全真七子”所有人的名字，然而所有人都记住了全真教有一个疾恶如仇、心系家国的丘处机。

成吉思汗的一生颇具传奇色彩。《射雕英雄传》里也完整再现了铁木真统一大漠，平定内乱，攻破撒马尔罕城的精彩故事。虽说披着武侠的外衣，原本的战场争斗或许远没有小说中写得那么美好，但成吉思汗，这个草原上的英雄，通过这一部小说，形象已经非常饱满。尤其是在故事最后，成吉思汗临终之时的喃喃自语，让人不得不为英雄的一生感慨唏嘘，这不仅是对红尘生死的看破，更是对人性灵魂的拷问。

小说的另一个成功之处在于江湖架构的建立。金庸小说之所以好看，很大一个原因就是有一套完整的江湖谱系，正是此江湖谱系，将他的众多作品紧紧联系在一起，让人欲罢不能。而该江湖谱系的发端，则是《射雕英雄传》。

《射雕英雄传》之后，“东邪西毒”几乎家喻户晓，“华山论剑”更是影响深远，更不论桃花岛、重阳宫、烟雨楼等华丽得令人窒息的武林胜地了。

武功描写亦是本书的一大亮点。什么样的人使用什么样的武功，洪七公一生正气凛然，想来也只有“降龙十八掌”的至阳至刚配得上他；欧阳锋奸诈邪恶，“蛤蟆功”则是“西毒”的最好诠释；“落英神剑掌”和“玉箫剑法”尽显黄蓉的飘逸灵动之美；而武功秘籍《九阴真经》的博大精深恐怕也只有郭靖大巧若拙的性子方能驾驭；更有梅超风的“九阴白骨爪”、黄药师的“碧海潮生曲”……足以让我们流连忘返，沉醉不知归路。

值得一提的是，关于瑛姑的算数入武的描写，使得武功不再像一种斗殴的手段，更像一门学问，深深钻研下去其乐无穷。其后郭靖借《武穆遗书》大摆奇门八卦阵，令人拍案叫绝！惜乎同样的武功描写，在此处昙花一现外，竟在后世金书中不复风采。本来《天龙八部》有很好的发挥舞台，但是它道尽人世悲苦，想写的东西太多，对此反而没有展开。真正将这一思路发光广大的，则是凤歌的《昆仑》，书中在算术与武功的结合上，精彩之处犹胜《射雕英雄传》。

《射雕英雄传》里的爱情描写亦是一绝。湖边一身女儿装的黄蓉划船旖旎而来，惊为天人；牛家村密室里的生死相依，感人至深；撒马尔罕山顶上小儿女的矫情痴意，真情表露……更不论西征阵中的心心相系，桃花岛上的携手同归了。

说《射雕英雄传》，自然要说郭靖。作为小说的主角，他“傻里傻气”的形象无疑让读者感到亲切，而当这样一个傻小子一步步成长为一代大侠，其实对读者来说，岂不是也经历了一次心灵的升华？我们甚至可以把自己想象成郭靖，随之一起闯荡江湖，笑傲红尘，去经历一番轰轰烈烈。

从郭靖身上，我们能读到许多坚忍、正直的品质，而正是这些优秀的品质，才使他在荡荡江湖的历练中，始终保持着本真，从未迷失自我。而这些，不也是当前的我们所需要的吗？

《射雕英雄传》里另一个不得不提的出彩人物，我以为是欧阳锋。欧阳锋是书中最大的反派，桃花岛上与黄药师、洪七公筝、箫切磋的一段出场已是精彩纷呈，而后明霞岛上计害洪七公，刻画出其人狠毒的一面，再到禁宫夺宝，更是显出他才雄心忍的一面，至于西征途中，与郭靖的三场比试，又展现了他枭雄气概的另一面。到最后华山绝顶大败天下高手，他夺得第一，却成了一个疯子，着实可叹可悲。

欧阳锋的故事在《神雕侠侣》中仍有描述，开篇认杨过做义子，显出他虽心智尽失，却善心未泯，到最后华山绝顶与洪七公得悟大道，双双大笑而亡，这般结局，真真有空谷回响，扶摇九天之妙，令人赞叹。

我始终认为欧阳锋是金书中为数不多的成功的反派之一。对欧阳锋的一生，金庸既没有刻意抹黑，也没有高调宣扬，既写出了他的阴狠，也不掩饰他的雄才。其实看一部小说，反派的气度将直接决定小说的格调和高度，而在这一点上，《射雕英雄传》无疑是非常成功的。甚至在其后出现的《神雕侠侣》中的金轮国师，《倚天屠龙记》中的成昆，都略显不如，直到《天龙八部》中的鸠摩智的出现，才真正接过这面大旗，将反派提升到一定的高度，从而更加映衬出主角的高大。

《射雕英雄传》一书，写尽了“武”，却开辟了“侠”，实是一部不可多得的佳作。

《白马啸西风》：本位民族思想的蜕变

金庸小说素有“七上八下”之说。作为金书中不太出名的一部，

《白马啸西风》一书，读者对其知之甚少。甚至有不少人将其与张鹏翼导演的《策马啸西风》混为一谈，这实在是莫大的笑话。《策马啸西风》取材于古龙小说《流星蝴蝶剑》和《天涯明月刀》，与《白马啸西风》可谓风马牛不相及，除了名字一字之差，全无任何干系。

《白马啸西风》全文70000余字，篇幅之短，仅次于《鸳鸯刀》和《越女剑》。以篇幅而论，它仅仅能算作一个中篇。也许是金庸其他几部长篇的名头实在太过响亮，所以导致包括《白马啸西风》在内的几部中篇名气都不是很大，受众面相对来说窄了很多。

《白马啸西风》的创作时间是1961年，大约是在《鸳鸯刀》之后，《倚天屠龙记》之前。作为大作之间的小调整，《白马啸西风》的行文风格一反《射雕英雄传》《神雕侠侣》等鸿篇巨制的绵密紧凑，显得十分闲散和有情致。换言之，即文风比较偏向于散文化，这在金庸众多的武侠小说中，基本要算独一无二的了。

《白马啸西风》一书的情节并不复杂，前面一大部分都在围绕李文秀和苏普之间朦胧的初恋爱情展开，直到后半段，方才显出武侠的味道来。人们看《白马啸西风》，都不自觉地将此书归于“七上八下”中“下”的末流，其实很多人大都忽略了本书所隐含的主题思想，即本位民族思想的蜕变。

金庸首部武侠小说是《书剑恩仇录》，封笔之作是《鹿鼎记》，十分凑巧的是，这两本书的背景都选择了清朝。清朝是乱世，“反清复明”似乎是说不完的主题，这一点在《书剑恩仇录》中体现得尤为突出。全书借助“红花会”这一江湖组织，直接将满人、汉人之间的矛盾上升为主要矛盾，《雪山飞狐》与《飞狐外传》仍不能脱出这个樊笼。然而到了《鹿鼎记》，真正意义上实现了满汉一家，世界大同，全然没有了狭隘的民族界限。

从第一部小说到最后一部，金庸的这种观点到底是怎么在潜移默化中发生了改变，我以为《白马啸西风》可以看作一个相当重要的分水岭。它没有确切的历史年代，小说主人公李文秀虽然是汉人，但是书中对于哈萨克人的描述，大有喧宾夺主之势。小说的最后，更是直白地将“汉人之中不一定全是坏人，哈萨克人也不一定全是好人”表达了出来。从一开始的民族之间的矛盾、误会，甚至是排挤，到最后的认同，互相包容，互相帮助，完全走出了本位民族思想的桎梏，没有所谓的汉人就是正统，也没有所谓的哈萨克文明就一定落后的说法，实是一大进步。

小说中对哈萨克族民俗风情的描写也是一绝。旖旎的塞外风光，肆虐的荒漠尘暴，啁啾动人的天铃鸟，对勇士的崇拜……无一不构成了一幅玄妙动人的风景画。

散文化的文字风格，更加适合于诗意的表达。于是我们看到，李文秀和苏普之间的那段欲掩还羞的初恋情怀，简直美到令人窒息！天铃鸟与少女情思的反复映衬烘托，金庸仿佛一位长者，用亲切的口吻向孩子们讲述了一个温馨感人的故事，李文秀的一嗔一笑，无不牵动起读者极大的情感波澜：当苏普为她打死饿狼的时候，我们不由得为之高兴；当苏普遭到鞭打，李文秀不能再见到苏普的时候，我们不由得为之心伤……情之一字，至此尽矣。

然而李文秀最终没能和苏普走到一起，而是选择了回中原，不得不说，这是一大憾事。往大了说，金庸还不敢让哈萨克人和汉人真正结合到一起，这是《白马啸西风》在突破之外的禁锢，有些可惜。于是我们在接下来的《倚天屠龙记》中看到张无忌和赵敏在民族矛盾和爱情之间来回交织碰撞，最终爱情战胜了民族的界限，总算完成了《白马啸西风》中遗留下的一个缺憾。

除此之外，《白马啸西风》还处处透出一种美感。既有风景如画的自然之美，也有民俗风貌的人文之美。而李文秀的心灵之美，更是突出。她对苏普的不忘情与苏普最终选择阿曼形成对比，彰显出其忠贞之美；她对师父的不设防悉心照料，与华辉的处处疑心，彰显出其仁爱之美；苏鲁克憎恶汉人，与李文秀舍身救护苏普，又映衬出其本性良善之美。这种美发自内心深处，是一种气质之美，更是一种灵魂之美。

总之，《白马啸西风》在铁胆豪情的刀光剑影之外，塑造出一个与世隔绝的民族家园，恍如一阵清风，沁人心脾。篇幅虽短，却有着直击人心的力量，无论是表现力，还是主题深度，都显不凡。

《鹿鼎记》：武侠写尽不是侠

金庸在写后记的时候说《鹿鼎记》是一部历史小说。熟知金庸武侠的人都知道，金庸武侠，与历史联系的紧密程度，这是其他武侠作家所不能相比的。也正是因为此，才形成了金庸武侠的一大亮色，后世模仿者虽多如过江之鲫，然得其精髓者，实是寥寥可数。

《鹿鼎记》便是历史与武侠巧妙结合最高境界的完美体现。小说将大背景放在清兵入关后，康熙刚刚即位的那个年代，对康熙擒鳌拜，平复三藩，征讨沙皇等历史事件做了详细描写。基本保留了历史原貌，包括一些重要人物和事件，都做了比较好的还原。

按说，这样的历史小说，不论怎么写，都只会显得很沉重、很无趣，然而《鹿鼎记》能在武侠小说界乃至文学界引起如此大的轰动，很大一个原因，就是主角韦小宝。

韦小宝是金庸所有小说主角中的一个另类。在金庸其他武侠中，即便短如《越女剑》，主角都是武功高强之辈。即便疏狂如杨过，到最后也不免回归正义。唯独韦小宝，既没有武功，也不懂什么是大侠，却把一干江湖侠士、朝廷官员玩弄于股掌之间，乐得个逍遥自在。

韦小宝是不是侠？很难说是，也很难说不是。我一直认为《鹿鼎记》是一部永远都不会过时的武侠小说。诚然，在当前网络快餐泛滥的年代，武侠小说因其保守、慢热而逐渐不被接受，渐渐淡出人们的视野。而唯独《鹿鼎记》，人们提起韦小宝，仍能津津乐道，乐此不疲。

何以如此？《鹿鼎记》综合了一切因素。既有山一般厚重的内涵，海一样精深的底蕴，也不乏让人浮想联翩的香艳段落，尤其是韦小宝同娶七女，很大程度上满足了读者在紧张生活节奏下的意淫，更影响了当前一大批网络小说的创作者。像这般既有文学研究价值，又有娱乐价值的奇书，可说“前无古人，后无来者”。

金庸写过很多“侠”。儒侠有郭靖、萧峰，墨侠有杨过，道侠到令狐冲已是最高境界，《笑傲江湖》写完，也许在金庸看来，侠之一字，真的无以为继，这才促成了韦小宝“反侠”的诞生。

每每读罢《鹿鼎记》，都不免掩卷沉思韦小宝的存在意义。世界上有韦小宝这种人，到底是万幸，还是不幸？是啊，左右逢源，两面讨好，现实中这种人不在少数，然如韦小宝这般讨人喜欢的又有几个呢？

我们都希望自己如韦小宝一般如鱼得水，夹杂在各方势力中拥香抱翠，步步高升，却又都深深痛恨着这种人。人啊，何苦来哉！

韦小宝有小聪明，也有大智慧。小聪明自不必说，每每凶险之时都能让他化险为夷，而他的大智慧我则认为体现在以下几个方面。

其一，人情世故的通达。说得通俗一点，就是“见人说人话，见鬼说鬼话”。不管是面对陈近南等忠义之士，还是面对吴三桂等狡猾之徒，韦小宝总能应付自如。这往小点说，是韦小宝交际能力的一种体现，往大了说，其实也是一门交际的学问。

其二，韦小宝有着超乎常人的是非观念。这种是非观念在他对待康熙和陈近南两个人的做法上体现得尤为突出。陈近南一心反清复明，恢复汉人正统，在当时来说，并不能算错。康熙一心为国为民，力求世界大同，更是人之常情。而韦小宝就夹在这样两种观念之间，反复冲荡。有人只看到了韦小宝双重间谍的身份，却忽略了他内心的挣扎和思考。他完全可以杀死陈近南以向康熙求得高官厚禄，也可以刺杀康熙完成天地会的大业，无论哪一种，皆可一劳永逸，然而，他都没有去做，因为在陈近南那儿，他过不了“信义”的煎熬，而在康熙处，他逃不开“良心”的拷问。于是韦小宝做了一个两方都能接受的选择，一个最明智却也最无奈的决定。

他的这种是非观念，出自内心，可谓是真正意义上的“富贵不能淫，贫贱不能移，威武不能屈”了。

其三，韦小宝的滥情。韦小宝不同于张无忌。张无忌固然也是见一个爱一个，但始终有自己的立场，所以才会处处掣肘放不开；韦小宝也不同于段正淳。段正淳是泛爱，但对每一个女人都能做到以死相报，所以众多女子才会对他死心塌地。韦小宝对女人，没有原则，没有立场，而是一种极强的占有欲在作怪，凡是漂亮女子，他都想据为己有，不论你是教主夫人，还是皇室公主。这或许跟他幼时的妓院生涯有关，但我倒情愿觉得，是金庸中年以后自己对这种“一夫多妻制”爱情生活的渴求。当然了，这只是个人的看法。

这一点在新修版《天龙八部》中隐隐可见端倪。金庸封笔之后，对其创作过的小说进行了大量修改，每次修改均变动部分情节，其中比较出名的就有三联版和新修版。在新修版《天龙八部》中，丁春秋与李秋水通奸已是难以理解，更差一点让段誉娶了七个老婆（钟灵、木婉清、虚竹灵鹫宫梅兰菊竹四胞胎姐妹，还有西夏银川公主的丫鬟叶晓蕾），幸亏没有成真，但这种构思已经有些匪夷所思了。

回到韦小宝。他尽管贪财、贪色、贪势，却能重拿轻放，不失英雄本色。手中泼天富贵如何，大权在握又如何，比起天下苍生，孰轻孰重，在那一刻，在韦小宝的心里已经有了决断。或许，韦小宝不是英雄，也不是大侠，但是，他绝对是一个让人一见难忘的人，也绝对是一个可以相信的人。

说不尽的韦小宝，道不尽的韦小宝……如果说《鹿鼎记》的成功真要归功于某一个人的话，这个人必是韦小宝。

《鹿鼎记》不仅塑造出一个活灵活现的小宝，更写活了康熙。作为中国历史上在位时间最长的千古帝王，不论是文学作品还是影视作品，康熙都是以严肃的面孔出现在人们的视野中。而《鹿鼎记》却写出了一个充满童心、非常可爱的康熙。他既有作为帝王的睿智，又如孩童般贪玩。

从《射雕英雄传》开始，金庸便在着力塑造这种外族帝王的形象，成吉思汗算是小试牛刀，忽必烈则是一次质变。《神雕侠侣》里，忽必烈作为大反派，文中却并没有对他进行人为地贬低，反而相当推崇。金轮国师向杨过介绍忽必烈时说：“杨兄弟，我带你去见一个人。此人雄才伟略，豁达大度，包你见了心服。”杨过道：“是谁？”国师道：“蒙古王子忽必烈。他是成吉思汗之孙，皇子拖雷的第四子。”

“雄才伟略，豁达大度”，这八个字用在反派身上，殊为难得。如果说《神雕侠侣》里写得最成功的两个配角，一个是郭芙，另一个就是忽必烈了。而到了《鹿鼎记》，康熙作为第二男主角，金庸更是不吝惜赞美之词，于是我们看到一个伟大的君王鲜活地从历史画卷里走了出来。

康熙与韦小宝的友情尤其值得称道。这种友情超脱了家国大义，也给这篇政治味道很浓的小说铺上了一层温暖的底色。尤其最后密旨中的那一声“小桂子，你到哪里去了？”真情流露，当真毫不做作！

《鹿鼎记》出场人物众多，但论及塑造经典程度，则远不如《射雕英雄传》和《天龙八部》。这或许与金庸有意识地将其创作成历史小说有关。书中出现的人物大多是历史上真实存在的，甚至连天地会里的十大香主都确有其人。加之小说人物的光芒被韦小宝占据不少，故而连韦小宝的七个夫人给人的印象都不是太深。

作为封笔之作，这部小说寄托了太多金庸自己的思想。他借韦小宝之口说出“老子不干了”，于是，一代大侠弃剑封刀，一位王者归隐江湖，消息一出，举世哗然。我们不必去追究金庸做这个决定的前因后果，或许真如他自己所说：“真的写不下去了。”更或许，就像歌词中所唱：“身在江湖暮色寒，归来时人未老心已倦！”不论是何种缘由，只要我们细心一点都不难发现，金庸的许多小说，主人公最后都选择了归隐山林，张无忌如此，令狐冲如此，韦小宝更是如此，所以终于到了金庸自己，理所当然地也选择了一条同样的道路。

我们应该庆幸，庆幸有金庸，才让我们在那个激情燃烧的岁月享受了一次又一次的饕餮盛宴。我们更应该庆幸，庆幸在那个纯真的年代里，他让我们可以肆无忌惮地乘着武侠的翅膀，尽情挥洒，展翅翱翔。

也许，若干年后，当我们沉浸于快节奏的网文中时，再一次回过头来，看一看那些年我们一起读过的武侠经典，会发现，所谓的感动，所谓的经典，并不会随着时间流逝而渐行渐远，只会在年华飘零中被长长记起，历久弥香……

结语

飞雪连天射白鹿，笑书神侠倚碧鸳。

十四部作品，虽说水平高低参差不齐，却代表着金庸小说不同时期的精髓所在。有的澎湃激荡如长河汹涌，有的刚猛凌厉似利剑出鞘，也有的清新淡雅好比幽兰空谷，还有的叨叨絮语更胜夜雨呢喃……

十四部作品，十四个惊心动魄的故事，十四段儿女情长江湖爱恨传说，共同组成了金氏武学的体系，构筑了一个庞大的武侠王朝，使得金庸成为武侠界集大成的丰碑式人物，更使得武侠小说这一文体得以最大限度地推广流传开来，并自诞生以来第一次有了登堂入室，上升为文学经典的可能。

武侠小说的确不是金庸首创，但不可否认的是，如果没有金庸，武侠小说绝对没有现在这么广泛的受众，更不会衍生出后来一系列的玄幻、穿越等风靡网络的小说题材。如果说武侠是一个广袤的平原，那么金庸就是这块平原上平地而起的那座最高的山峰，他照耀着别人，引导着别人，也感动着别人。

七篇评论写完，再回过头来，发现金书之精髓，竟未道出其中之万一，或许真的是笔力不济，力有未逮。但那又有什么关系呢？金书中的故事，其中的人物，早已经活在每一个爱好武侠的读者心中，每个武侠迷都用自己独有的方式，典藏着这一份感动，这一份热爱。

近段时间，通俗文学圈动荡不稳，网络快餐大举侵袭，传统武侠岌岌可危。或放任自流，或涅槃重生，都将留待时间去考证。有人感慨武侠盛世不可复现，也有人用自己的方式在默默奋斗。或许，我们无力改变当前这种现状，但至少，我们曾经努力过。

最后，请让我用仙界飞龙的一首歌词《情系天书忆奇侠》作结，向武侠界的这位顶级宗师献上我们最崇高的敬意。

卸雕鞍，拂长剑，塞北江南来去皆流连。

长路漫，山水之间，看尽多少恩怨情无限。

大漠无边，弯弓少年，莽莽黄沙千里送孤雁。

榆舟畔，画角霜天，谁家玉笛翻飞江湖远？

落英如醉舞翩跹，碧海听潮忆当年，叹青衫憔悴相看总无言。

抚罗帕绣缠绵，任白发覆红颜，青丝百转未曾悔痴恋。

终南山后尘嚣远，绝情幽谷月长悬，避纷扰俗世双影羡神仙。

望参商分两边，挥兰袖碎珠帘，难舍今夕聚散几番缘。

如花美眷，似水流年，恨金蛇负恩花谢有谁怜？

瀚海天山，家国难两全，翠羽凋香冢空余碧血寒。

衡阳一别琴箫绝，雪尽往事已成烟，再不记青霜虹影舞双剑。

醉看世态万千，聆君一曲清弦，携手傲笑红尘自心闲。

胡雁哀鸣断云边，塞上羊归是何年，奋英雄一怒关山浩气连。

莫笑俗心凡愿，但求逍遥人间，回首谁家子弟谁家院？

长安幻夜

引言

著名武侠作家温瑞安这样评价小椴："极高明而道中庸，极远大而致精微。小椴是一位真正的宗师，他随手拈来的文笔，早已融会贯通了各家各派，相互契同通情，所以，小椴可以自立为'椴派'。"

这位以《四大名捕》系列出道的作家在武侠上的远见卓识自不

必说，他能给小椴如此高的评价，我们也可以隐隐想象出小椴的才气与功底了。姑且不论小椴能不能担起“宗师”的称号，够不够格自立一派，小椴对当前武侠世界格局的影响，确实是相当重大的。

小椴是何许人也？老一辈的武侠爱好者可能并不是太熟悉这个靠“大陆新武侠”成名的武侠新锐，但是在年轻一辈的武侠迷心中，小椴的地位，甚至超过了许多武侠前辈。

不得不说，《今古传奇·武侠版》是一本务实的杂志，在创刊伊始，“大陆新武侠”的理念提出之后，涌现出一大批优秀的实力派武侠作家，其中包括凤歌、时未寒、沧月、步非烟等，小椴也是其中之一。创刊号上连载的第一期，便是小椴的处女作，被改成《乱世英雄传》的《杯雪》。《杯雪》一面世，就引起了强烈反响，也让小椴的名字从此为武侠界所熟知。

小椴的武侠小说有一个非常明显的特点，那就是诗意。他对古典诗词的化用，那种信手拈来的境界，可谓炉火纯青。这是一般人难以达到的高度。小椴依靠《杯雪》一举成名，至《长安古意》《洛阳女儿行》达到顶峰，《开唐》则多了雕琢之气，少了一种江湖武侠的氛围。

小椴的作品不少，长篇短篇加起来，有几十部。金庸曾以“飞雪连天射白鹿，笑书神侠倚碧鸳”概括其生平所有作品，小椴效仿前辈，也用一首小令概括了他已完结的所有创作：

“井畔青丝柳；到如今、江湖墟散，隙中驹走。并世几人歌古意，碌碌长安糊口，忏对你，清瞳如旧。驿外桥边人自语，想脂剑奇僧归远岫。平生刺，抛得否？

洛阳消息今春又。道如今：女儿不再，石榴开透。尘镜蛛奁自顾懒，一自兰烬落后，飘斜的，且由添新皱。欲把弓箫行大漠，耐龙城古塞今何有？待浩雪，挹杯酒。”

小椴的中短篇很多，长篇小说统共算起来，只有《杯雪》《长安古意》《洛阳女儿行》《脂剑奇僧录》《开唐》等寥寥数部，归结起来，不过“长安幻夜”四个字而已。

长安

小椴笔下的长安，有一种别样的意蕴，或者说，是一种别人未曾描述过的苍莽。这一点，在《长安古意》中表现得尤为强烈。《长安古意》由五个系列中篇组成，围绕铁骨御史肖俞铮的遗孀裴红棂母子以及一本足以令天下政局翻覆的《肝胆录》而展开。其间夹杂的江湖恩怨、门派争斗，并没有特别激烈，却单单有一种让人看了血脉偾张、拍案叫绝的妙处。

从《余果老》“请从绝处读侠气”的凛然，到白山黑水屠门一派胡大姑的舍生取义，再到泥足巷里那个让人心疼的女子商裳儿，而后的裴琚、陈去病，小椴用他那支高远绝尘的笔向我们描绘了生活在社会底层的形形色色的“侠”——没有豪壮的宣言，也没有“侠之大者，为国为民”的胸襟，而只是一种简简单单的，坚守着自己的正义的“侠”。这是小椴自己对“侠”的理解，对“侠”字的重新诠释。

可以毫不夸张地说，金庸“侠之大者，为国为民”的正统思想影响了一代又一代的武侠创作者。创新，不是没有人想过，以正道释侠，小椴也并非第一人。孙晓《英雄志》中的卢云便是一个崭新的尝试。惜乎孙晓用了近几百万字没有说明白的东西，在小椴这部堪堪十几万字的小说中就初窥端倪。这应当算小椴在文笔表现力上的一种展现。

《长安古意》是小椴的第二部长篇，与《杯雪》不同，在《长安古意》里，他首次采用第三人称代入的写作手法进行创作。

《杯雪》的主角是骆寒，然而配角的锋芒毕露，却常常掩盖了主角的光芒，好比袁辰龙、易杯酒、耿苍怀之流，甚至宗室双歧、沈放夫妇。作者花了极大的篇幅对配角们进行叙述，导致给人一种比较杂乱的印象，而《长安古意》的主线相对来说，还是比较清晰的。按理说，这样一个故事，无论怎么写，平庸的可能性都非常大，但小椴似乎就是有一种化腐朽为神奇的力量，一个简单的故事，从他笔下流出，仿佛就富有了灵性，变得生动起来。

这是小椴独有的天赋，也是其他人无论如何都模仿不来的。

小椴善于营造气势，这一点在《杯雪》中早早就体现出来，在《长安古意》中继续发扬光大，只是他把目标定格在了更加渺小的江湖人物身上。没有以一己之力撼动江湖的实力，更没有所谓的奇遇，他们只是一群普普通通的人，却能为了自己心中的正义，坚守保护，甚至不惜放弃生命。

这该是这部小说最大的亮点和最为成功之处。这或许就是小椴笔下的江湖，不写所谓的波澜壮阔追求宏大，不写所谓的柔肠百转追求虐心，而是随心而作，随性而写。就像他自己曾经说过的："想清楚为什么要写才写，想不清楚就不写。追求那种非常平淡、非常隽永的境界。"

《长安古意》很好地承载了小椴的这一思想。屡遭追杀的遗孀，孤寡半生的老者，围炉打铁的妇女，闹市悲凄的盲眼少女，一个个普通得不能再普通的故事，一个个让人拍案叫绝的精彩构思，构成了长安独有的苍莽与孤寂。

“天下无肝胆，那何妨，我裙钗与登坛？”裴红棂以柔弱之躯驱使《肝胆录》，大败东密，将这一主题推向极致。同时，故事也表达了作者的另外一个思想，即便最亲近的人，在利益面前，仍然有不可信之处，肖俞铮生前所托的两个信任之人，到头来，一个也没有帮上忙，折射出世态炎凉的一面。

好在，在紧张的气氛之外，小椴又安排了几个非常特殊的角色，诸暨萧门，“长青一剑已在手，天下何人更萧骚？”那人最后到底是出手了，给这个黑暗的世道抹上了一层“义气”的底色。

稍加留意就不难发现，小椴很喜欢写朝堂争斗尔虞我诈的故事，即便是苍莽如《长安古意》，也隐隐有所涉猎，而这一点，在《开唐》中体现得尤为明显。

如果说《长安古意》笔下的长安给人一种苍茫孤寂之感，那么《开唐》无疑展示的是别样大气的盛世长安。

论笔法，《开唐》无疑是小椴目前最用心的一部，古色生香的句式，诗词韵律的勾勒，都让人不会把它当作一部普通的通俗文学作品来看待。然凡事有利有弊，正是因为如此，《开唐》雕琢之气太重，反而失去了武侠小说的本色。

然而，如果我们抛开武侠这一层外衣，将其当作一部普通小说来读，会发现《开唐》其实还是相当不错的。

《开唐》围绕贞观后，太宗遗诏，扑杀建文帝之子李浅墨展开，从而引出一系列朝堂争斗，江湖恩怨，权势厮杀。相比《长安古意》来说，整个故事显得开阔许多，线索也多，但以小椴目前驾驭文字的功底而论，写这种多条线索的文字，还是颇显吃力，人物出现太多，略有些顾此失彼的感觉。

与许多武侠作家创作的初衷不同，小椴写武侠，完全是诗性写作，即，他的武侠，都是由诗歌得来的灵感；或者说，他的武侠，都是为诗而服务的。这是一种非常奇怪的现象，古人称词为“诗余”，而对小椴来说，武侠才是真正的“诗余”。

我们或许可以说，小椴的这种创作思路让他在武侠世界的道路上不会走得太远，但不可否认的是，这是一种非常纯粹的创作，不掺杂任何商业因素、真正意义上的创作。

幻

与《长安古意》对应的，是《洛阳女儿行》。而提起《洛阳女儿行》，在我的印象中，也唯有一个“幻”字可以概括。《洛阳女儿行》采用的仍是小椴一贯的创作手法，由上中下三部组成，每一部分为若干独立成章的中篇，而每个中篇故事之间，又通过某种枢纽紧紧联系在一起。

《洛阳女儿行》的整体格调是深艳，虽然在第二部中有铁骨铮铮的战场争杀，但总体基调，还是围绕着洛阳城而展开。小椴把朝堂争斗、东宫储君之争、各方势力纠葛，通过一个江湖人物紧紧联系在一起，使得整部小说在武侠的基础上，又多了几分玄谜的意蕴。

窥一斑而知全豹，此处单独提取出第一部中的第一篇《斑骓待》，来看这部小说的整体。《洛阳女儿行》的一大特点是女性角色众多，且无一不是心机深沉之辈，不论是作为女一号的杜方柠，还是于婕，抑或是朴厄绯，更或者是神秘的大姝、小姝，她们是推动情节发展的不可或缺的元素。特别是《十诧古图》和轮回巷的引入，让全文又多了几分悬疑的味道。

《洛阳女儿行》还在男女问题上做了一个大胆的尝试，小椴有意无意地去刻画英雄内心隐忍待发的生理需求，通过比较含蓄的手段，让人触摸到人性最根本的需求和欲望。这种尝试可谓大胆之极，虽说在当前网文创作不规范的前提下，淫乱奢靡的文风并不少见，但如小椴这般，将这一思想写到传统武侠小说中来的，却极为罕见。

另外，不得不提的一点是，小椴似乎很喜欢写小孩。从《杯雪》开始，他的每一篇小说中都有一个小孩，性格各异，甚至能直接决定小说的走势。《洛阳女儿行》中同样有一个小孩，即余小计。余小计的出场倒并没有什么突出的地方，然而随着情节的发展，扑朔迷离的身世让他的戏份逐渐增多，他也成为整个迷局中不可或缺的重要人物。

我始终认为，《洛阳女儿行》的成功，小椴的文字叙述功底固然是一个方面，然则他对情节的掌控是更为重要的另一个方面。每当认为故事已经结束，他却能引出一个更为深远的线索，从而引领着读者继续读下去。每个故事都可以独立成章，却又铺设了更扑朔迷离的线索，勾起读者继续阅读的欲望，像极了欧美国家拍系列电影的手法，比如《生化危机》《黑夜传说》《速度与激情》，观众们不都是这样一部一部被吸引着看下去的吗？

另一个方面，这部小说对人心诡谲、钩心斗角的描写，可谓令人发指。杜方柠对韩锷的反复算计和利用，无论如何都不能让人相信这是一对爱得如此之深的恋人之间能够做出的事，还有于婕、大姝、小姝……或者，我们可以这样来看待《洛阳女儿行》——这是白若干女人导演，以韩锷为主角的一部宫闱争斗的武侠宫廷戏。

夜

喜爱《杯雪》，源于“共倒金荷”那一剑的惊艳。如果给《杯雪》的各个部分打分的话，《夜雨》我会打九分或者更高，甚至在相当长的一段时间里，它都被我认为是迄今为止，自己看到的最精彩的开篇。

作为小椴的成名作，同时也是处女作，他在《杯雪》里塑造了一个别样的江湖世界，展现了一种在此之前读者从没见过的武侠风格。

首先是视角。《杯雪》的视角非常独特，在没有看完全文之前，你很难知道到底谁才是小说的真正主角。小说的前两部，《夜雨打金荷》和《停云》，均是以沈放夫妇为切入点，到第三部《宗室双歧》，第一视角转变为耿苍怀，第四部《传杯》中，萧如则占据了大部分的戏份，第五部《秣陵冬》里，同样是萧如唱主戏。这样的一个故事，看到最后，谁都能看出骆寒才是真正的主角。而当我们回过头来，就会发现，所有的人物，所有的情节，都是围绕着骆寒在写，布线不可谓不深，构思不可谓不绵密。

然而，小说中对于骆寒的正面描写并不是太多，从雨驿里两次“共倒金荷”，到南京城下那一场只身闯阵，再到最后和袁老大的惊天一战，除此之外，再难找到关于这个少年的正面描写，然则骆寒的形象却慢慢地在读者心中变得清晰起来。

小椴就是有这样的能力，他通过侧面描写的反复烘托，让人物深入人心，骆寒如此，易杯酒如此，袁辰龙更是如此。值得一提的是，在第五部《秣陵冬》之前，袁辰龙从来没有真正出过场，然而他的名字从第一部就为人所熟知，甚至留下的印象不亚于主角，这也是小椴写作功力的一种具体体现。

其次，小椴善于营造气势的功力，在这部小说里初现端倪。他对于情节的掌控和推进，颇有一种“一波未平，一波又起”的味道，你以为这里就是高潮了，却没想到更大的高潮还在后面，你以为故事到这里已经发展到了极致，却没想到峰回路转，又进入一层崭新的境界。《夜雨》如此，《停云》也是如此。

古人所谓的“山重水复疑无路，柳暗花明又一村”，大概就是这样一种感觉。

再者，小说的语言。小椴的语言，不能用华丽来形容，也不可用清丽来描述，如果可以用一个词的话，我想，应该是“诗意”。是的，流动的诗意。小椴的文字，似乎并没有完全为了写小说而写小说，相反，他的作品更像是唯心之作，只因想写，所以写。因而，我们总能在他的小说里，看到许多美好的句子，看到许多有哲理的段落：

到过江南的人只怕都忘不了江南的雨，雨一来，整个吴头楚尾就仿佛如诗如画了。雨自身是广漠而冷的，但滴在屋檐上，打在斗笠上，混入了这烟雨中的便有了檐间笠底的人间之气——包括最悲惨的强颜欢歌和最欢悦的酸软呻吟，都发生在这细雨中。近看未免痛切，只是站在远了久了的地步，那么广漠——广广大大地看去，一切人间的哀哭都已幽幽沉默于这片烟雨中，只让后人觉得：无论切出哪一片——如果历史也能切片的话，那幕烟雨，那段故事都能揉成绝美，点就传奇……

时间是一方无涯的水，而社会是人们用历史的皮屑堆积起来的千年磐石。水泥的楼宇枯耸如林，每一条路也都在延伸着它的束缚，再没有什么，可以泛若不系之舟。可仍旧有什么在我们生命里奔涌如江，同时也沉潜如湖。据说，总有一个什么地方，名字叫作“江湖”的。传说中，那里的男子都危冠古袖，他们倚剑作歌，破匣出剑。他们自由得像是浮泛在时光上的水汽，他们会唱：“我是云中客，时乘天外舟。扶摇独碧落，坦荡一春秋。空蒙无涯际，浩渺有浅忧。行泛水云畔，谁倚第一楼？”他们泛舟于时光之水，又想牵挂于一个凝眸之楼。而据说，在这场浮泛无涯之生中，确是有一些楼的。那些楼依水而建，一些满裙晕染的女子会在楼头出现，她们穿上户国蓝的裙，蜡染的，或扎染的，一大片一大片沉静的蓝上开着朵朵细碎的白花，折蔓连枝。那样的江湖，那样的自由，与爱情。

如是句子，在小椴的作品中随处可见，因篇幅关系，这里就不多举例了。总之，小椴就是这样，总能给人惊喜，让人在欣赏小说的同时，如此惬意，如此赏心悦目。

当然，这样的创作方式，对武侠来说，到底可不可取，则是另外一回事了。《杯雪》颇为被人诟病的一点，便是局部抒情过剩，因此，我曾经说，小椴的小说，是用来“品”的，而不适合去读。

最后，说说这部小说的主旨。这部以南宋为背景，融合了江湖、朝廷、战争的武侠小说，纯粹得有点像小孩子过家家。小说极尽浓墨，想表达的主题只有一个——友情，至少我是这么理解的。骆寒和易杯酒之间那种以命相交，不需任何烟雨的友情，才是这部小说最为动人的主旋律。

其实，这样的做法未尝不可，武侠，为什么一定要以那些名利纷争为主体呢？颂扬人世间的真善美，同样可以写出别样精彩的篇章。同时，我也觉得，这样情态下的文字，才是最纯洁、不掺杂任何商业气息的。

据说《杯雪》的后续《络绎》系列已经在创作中了，至于什么时候完结，小椴能不能带给我们新的惊喜，则是非常值得期待的了。

结语

从某种角度上来说，小椴是成功的。他敢于写别人不敢写，敢于创新，写出自己独有的武侠风格，创造出属于自己的武侠世界。从另外一种角度上来说，小椴却还不够完美，小说情节过于简单，气象始终太小，江湖结构单一，这些因素都将注定他离真正意义上的“宗师”还有着不小的距离。

我曾说过这样一句话：孙晓的小说适合用来研究，风歌的小说适合用来读，而小椴的小说则适合去品。确实，论深度，孙晓的《英雄志》当算佼佼者，论可读性，风歌的“山海经”系列也足以让人目不暇接，而小椴的作品，必须要慢慢品尝，才能领略出其中的味道。

或许，在当前快餐网文泛滥的年代，快节奏小说主导了人们的阅读习惯，小椴的这种创作风格，会给人一种格格不入的感觉。但就是这种格格不入，这种敢于在物欲横流的世界中坚持本真的心，才更加难能可贵。小椴用自己的文字，为浮躁的社会送来了一缕缕清凉入脾的风，促使人们学会沉淀，学会享受。

仙侠奇女子

一、综述

说到古风音乐，人们想到的往往是周杰伦、许嵩等人。殊不知，无论是周杰伦的《青花瓷》《烟花易冷》，还是许嵩的《千百度》《庐州月》等歌曲，歌词固然古色古香，充满诗意，曲调也一咏三叹，很有情韵，却只能称作中国风，而不是古风。

前段时间看到一篇谈论古风和中国风之间区别的文章，还是有些道理的。大抵中国风都有一个非常强烈的主题，无论是歌词的创作，还是曲调的风格，都显得很正统，在掺杂 RAP、R&B 等国际性元素之外，出人意料地很少有旁白、文案之类的故事性素材。

而古风则不然，古风的创作面相对来说比较广泛，绝大多数古风歌曲都是翻唱某一首歌曲，然后填上不同的词，所以我们经常能看见不同的歌曲有着相同曲调的情况。原创古风歌曲当然也有，但是还不是太多。一旦拥有了可以独立创作的古风音乐团队，也就意味着这一团体开始走向群众，为听众所认可。比较著名的原创音乐团队像“墨明棋妙”“小旭音乐”，以及最近风头正劲的“凤凰游”，都可以算此类中的翘楚。

古风歌曲很多都是为了某些游戏和小说创作的同人歌曲，所以歌曲本身具有很强的故事性，也就是歌曲背景。不可否认的是，古风的填词更加接近古人的词赋风格，讲究起承转合，就歌词而言，在诗意和韵味方面，古风歌曲无疑更胜一筹。

然而正是因为其本身存在的这些特点，尽管古风歌曲很广泛，但同样也显露出其不规范性。故而总体来说，中国风给人的感觉相较而言大气得多，而古风却很小众。这是市场的生存法则，也是受众群体所决定的。

尽管如此，古风爱好者仍然不在少数，并大有不断增加之势。尤其是以董贞为首的游戏仙侠音乐的兴起，给人一种别开生面的豪迈之气和侠骨柔情。

董贞是谁？相信迷恋古风的人都不会陌生，这个因仙侠网游而生的天才女子，以甜美绵柔的歌声缔造了一个庞大的仙侠国度，从《仙剑奇侠传》到《诛仙》，再到《古剑奇谭》，一款款饱受好评的游戏，一首首耳熟能详的歌曲，便是她才气与天赋的最好体现。接下来，请跟随笔者走近这个改写古风历史，缔造仙侠王朝的传奇女子。

二、生平

1. 天之骄子

董贞是福建三明人，生于 1986 年 8 月 27 日。毕业于中国传媒大学的她在校期间就已经表现出了非凡的音乐天赋，曾担任过英式摇滚乐队的主唱。她温柔而甜美的嗓音得到了很多人的认可，并一度被誉为大陆的邓丽君与杨钰莹的综合体。

2. 惊才绝艳

2006年的董贞还是大学生，这时的她以翻唱前人的歌曲为主，但其在音乐方面的天赋渐渐显露，标志便是她开始自己创作歌曲。这一年，在演唱之余，董贞多次为流行艺人创作歌曲，其中包括张娜拉（韩国歌手）、郑在娟（韩国歌手）、国内新人曹璐等。

3. 崭露头角

紧接着的这一年，如果说在董贞的艺人之路上注定有一笔要载上史册的话，那么一定是接下来的这件事。2007年，董贞开始为台湾知名系列单机游戏《新绝代双骄前传》演唱主题曲《逍遥游》和插曲《誓言》，此二曲一发布即迅速红遍游戏界，其演唱风格和甜美嗓音受到广大玩家的一致好评。携此余勇，董贞马上又被出品方选定为《幻想三国志3》主题曲《出发》的演唱者。从此她便与游戏结下了不解之缘，成为中国风游戏音乐第一御用歌手。

可以说，正是这一次短暂的试水，不仅使得仙侠古风界从此多了一位传奇歌手，也让董贞找到了自己今后的演唱风格和发展方向，并一发不可收拾。2007年可以说是董贞出道以来第一次走向大众。也是这一年，她的首张专辑《贞爱一回》上市发行。虽然都是翻唱的老歌，却首首经典，囊括了自20世纪80年代以来广为流传的许多歌曲。如果说重新编曲赋予了歌曲新的生命力，那么将情感融入歌曲的演绎，则更值得听众细细品味。

借此一战之威，董贞的才气与天赋逐渐形成了自己的气候，并开始为仙侠游戏音乐揭开新的篇章。

4. 仙侠教主

如果说，2007 年的三首游戏歌曲只能算是董贞初入仙侠歌曲行业的试水之作，一次惊艳的处子秀，那么 2008 年可以说是全面开花的一年。而这一次蜕变的开端就是歌曲《情醉》的诞生。《情醉》作为大型网络游戏《诛仙》的官方指定主题曲，很快为广大游戏玩家所青睐，她也因此获得了唱作俱佳的“才女歌手”称号。

接下来的路可以用“一马平川，顺风顺水”来形容，2008 年 7 月 29 日，她发布了首张原创迷你专辑《蜕变》，其中收录的歌曲均为原创作品。从词到曲，甚至连后期制作董贞都亲自参与，为长久低迷的大陆女歌手市场注入了充满活力的血液。同年 11 月，董贞最受欢迎的代表作《回到起点》问世，并顺利被选定为《仙剑奇侠传四外传・回到起点》的插曲。

次年 5 月，董贞参加湖南卫视《快乐女声》，尽管最后惨遭淘汰，却赢得了更多喜爱古风之人的关注和喜爱。而接下来《返璞归贞》

和《贞江湖》两张重量级专辑的相继发行，董贞获“仙侠界女教主”的称号。

5. 风华绝代

2010 年 8 月 27 日，第三张专辑《贞江湖》发行后，好评如潮，赢得了一片赞美之声。这时候的董贞已经不满足于在录音棚内录几首仙侠风歌曲了，在与各仙侠游戏发行商合作的同时，更积极寻求仙侠风的出路，做客完美音乐在线、广东电台、酷 6 新歌汇等一系列音乐电台的节目，力求将古风最大化地宣扬出去。

这时已是《仙剑奇侠传》《诛仙》等大型网游御用歌手的她，无论在唱功，还是词曲的创作方面，都显得格外得心应手。2011 年第四张大型音乐专辑《九音贞经》的强势推出，标志着以董贞为首的仙侠古风时代正式来临，其影响甚至扩大到了各大型综艺节目电视台，2012 年 6 月份，《中国好声音》作为国内最专业、最权威的音乐选秀节目重磅推出，董贞受邀参赛便是最好的证明。

6. 舞台生涯

除开一些小型的古风演唱会，董贞真正参加过的大型舞台性质的节目只有两个，即《快乐女声》和《中国好声音》，而令人感到意外的是，在这两档节目中董贞都早早出局，令人感到惋惜的同时，也引起了广大古风迷的反思。

我们来看看董贞的这两次舞台经历。《快乐女声》2009年举办，董贞当时在古风界已小有名气，并在一定程度上能够代表仙侠音乐的一个巅峰。她的参赛，本来是本着宣扬仙侠歌曲的目的，流利的唱词、婉转的曲调所带来的新鲜感让董贞顺利杀入三百强，然而她却在突围赛第三场时惨遭淘汰，遗憾止步六十强。

2012年的6月，《中国好声音》刚刚举办，好评如潮，董贞受邀参赛。赛前董贞一再表现出不自信，最终全票未通过的成绩还是再一次打击了她的自信心和自尊心，以至于后来发生了一系列古风迷们狂热的催化剂反应，并让董贞不理智地做出了“封麦”的举动。

如果说一次表现不好是临场发挥的问题，但面对连续两次出现同样的情况，我们不禁要问，是董贞本身的唱功有问题，还是这些综艺节目浪得虚名，不够公正？然而我们知道，她的唱功是古风界公认的，董贞是名副其实的实力派歌手；而《快乐女声》《中国好声音》这两档节目，虽然说越到最后，节目的槽点越多，发展势头也有意无意地背离了节目创办的初衷，但凭其影响和实力，尤其是《中国好声音》那时才刚刚举办，在公平和公信上，也是有着绝对的保证。

那么，问题到底出在什么地方呢？在笔者看来，可以从以下几个方面来分析。

其一，心态。无论是参加《快乐女声》还是《中国好声音》，董贞的参赛都是抱着宣扬古风仙侠歌曲，让更多的人接受仙侠风的目的而去。对已经在古风界坐稳头把交椅的她来说，这些奖项，本身并没有多大的吸引力。换句话说，董贞并不缺这样的冠军头衔。她参赛，仅仅只是为了让人们接受古风，让人们从她的歌声中感受到古风歌曲的魅力和美感。所以从这个角度来说，董贞不是代表着她自己去参赛，她的身后站着的是整个古风界。无疑她就要比别人承受更大的压力，万一哪一句唱不出韵味，或者哪里唱错了，都将是万劫不复的深渊。而正是这种步步为营的谨小慎微，才使得董贞在舞台上歌唱状态完全没有在录音棚里放得开，比赛中的董贞和我们平时所熟知的她有着云泥之别，可谓判若两人。

其二，阅历。董贞虽然声名在外，但仍然只是网络歌手，舞台现场虽说去过不少，但所面对的，都是喜爱仙侠歌曲的古风迷，而真正有竞争压力的舞台，董贞并没有参加过多少。董贞之前的出名道路太顺了，顺得让她觉得成功是一种理所当然，这就暗中滋长了她害怕失败的不良心理。平时感觉不到，一旦走上这种有竞争玉力的舞台，而且面对的是一群不知古风歌曲为何物的观众和老师级的歌手，这种畏缩的心理就显现出来，这也使得她在舞台上完全无法做到像平时那么自然和自信。

其三，小众的仙侠风。不管人们承不承认，对当前众多流行歌曲来说，古风仍不能作为潮流走上主导地位，尤其是游戏仙侠网络歌曲，受众更是少得可怜。作为武侠歌曲，它没有黄霑时代得天独厚的宣传；而作为古风，它也不具备周杰伦等名人光环的照耀。所以对于那些靠青春为卖点，以非主流为基调的舞台，仙侠风虽不至于排斥，最起码也是不会大肆宣扬的。而董贞跑去那样的舞台宣传古风，尽管出发点可取，但效果只能是南辕北辙，注定不会顺畅。

正是因为以上这种种原因，原本格格不入的两种风格碰撞在一起，才落得个并不圆满的收场。但无论如何，这总是董贞对于仙侠风宣传的一个大胆尝试，为古风歌曲与流行歌曲市场的契合迈出的勇敢一步。相信只要坚持下去，找对方向，总有一日，仙侠风会为更多的人接受。

7. 再上征程

经历了《中国好声音》“封麦”事件以后，董贞元气大伤，陷入了短时间的低迷，但经过大半年时间的调整，她已渐渐恢复了生机。显然董贞自己也认识到，古风离不开她，亦正如她离不开古风一样，董贞与仙侠，好比两个相互依存的载体，无论缺了谁，都只会让对方黯然失色，所以董贞毅然拾起了自己差点儿丢弃的梦想，重新上阵。和姚仙合唱《浮梦逍遥》，以及《动漫英雄》《天界情》等歌曲的问世，都是董贞开始新征程所踏出的关键性的一步。

如今，董贞更是和影视公司合作，在新版电视剧《笑傲江湖》中推出了自己创作的插曲《了结》，这不仅标志着仙侠古风的进一步发展，也是董贞个人新旅程的开始。

三、曲评

1.《贞爱一回》——旧词新唱从头忆，情“贞”意切最销魂

说到翻唱，似乎很容易让人联想到“盗版”“翻拍”等具有负面意义的词汇。盗版姑且不论，光以翻拍来说，近年来影视剧翻拍泛滥，既有恶搞四大名著的无厘头式翻拍，也不乏譬如《新上海滩》《天龙八部》经典剧的翻拍，所以要理性看待翻拍，不能一概而论，翻唱也是如此。国内著名原创音乐网站上绝大多数歌曲都是翻唱的。

而董贞，也不例外，她的出道，很大程度上是依赖翻唱打响的第一枪。作为一个才思敏捷、唱法一流的歌手，翻唱，当然不仅仅

是原曲的重新演唱，而是在原有的基础上，唱出自己的特色和韵味，而这其中最突出的代表就是《贞爱一回》。

《贞爱一回》收录歌曲十二首，全是翻唱前人的歌曲。虽然笔者对翻唱并不是很看好，但董贞翻唱的诸多歌曲中，确实不乏经典，甚至大有超越原唱的势头，这不仅是对董贞个人能力的肯定，也是因为她对歌曲有着更独特的理解和更深入的情怀。

2.《返璞归贞》——烟雨江南释返璞，仙音若绪尽归“贞”

董贞的首张原创歌曲专辑是《蜕变》，这张非卖宣传迷你专辑收录了包括《情醉》等在内的四首原创歌曲。作为简单的过渡，董贞很快就迎来了自己的春天，这就是《返璞归贞》的发行。

《返璞归贞》的十五首歌曲中，除了包括《蜕变》的四首原创外，还包括了《刀剑如梦》等三首翻唱歌曲，另有两首伴奏《金缕衣》和《半月琴》，而主打歌曲《相思引》和《回到起点》更是各有特色，无一不成为日后的传世经典。

《回到起点》的词作者是原创音乐团队“墨明棋妙”的成员胡桃夹子，这位极具天赋的中国风词作家用诗一般梦幻的歌词，将一段段仙恋情缘娓娓道来，处处充满着一种无奈之情，再通过董贞优柔甜美的嗓音加以演绎，即使没有玩过《仙剑奇侠传》这款游戏，即使不知道故事中诸对男女悲欢离合悲情的过往，听过之后都能感受到那一种无奈和怅惘。

而另一首家喻户晓的歌曲《相思引》则又别有一番味道。作为网络游戏《诛仙之王者归来》的主题曲，它一开场便有一种秒杀众生的惊艳。《诛仙》作为国内著名的仙侠RPG网游，对剧情节奏的控制，对角色命运的安排，可以说相当一部分取决于主题音乐所体现出来的主旋律，而《相思引》这首歌曲，从开场的情潮跌宕，到中途的温情脉脉，再到高潮处的真情流露，都恰如其分地唱出了游戏所要表达的主题。不同于这两首游戏歌曲的悲伤情调，专辑同时也选取了充满温情笔调和活泼大气的几首歌曲。《美人浴》讲述的是牛郎织女之间的美好传说，通过牛郎偷看织女洗澡的故事而将这一段爱情神话表现得很是动情。而《金缕衣》以活泼的唱风向我们展示了一派美好天然的田园风光。至于《逍遥游》，则更重江湖上的名利纠葛，以逍遥为主题，充分向人们诠释了逍遥至上，名利乃过眼云烟的深刻思想。

3.《贞江湖》——笔墨难表"贞"心事，仙音一缕写江湖

迈出了青涩艰难的第一步之后，对于仙侠古风有着独特理解的董贞乘胜追击，很快迎来了自己的第二春。《贞江湖》的问世，使

得董贞的风头很快盖过了古风界的诸如心然、HITA、BY2 等许多久负盛名的前辈，其中的主打歌《剑如虹》甚至一度排到了百度音乐排行榜的前茅。

在这张全新唱作大碟中，董贞延续了自己唯美细腻的唱腔，用天籁般的嗓音为乐迷描绘出一片带有董贞烙印的江湖。

同《返璞归贞》一样，这张专辑里也包含了四首翻唱歌曲，但此时董贞的功底比之前自然不可同日而语。国产武侠动画片《秦时明月》中大火的主题歌曲《月光》在董贞的演绎下，别有一番江湖侠气和儿女情长。而《蜀绣》的柔美唱法在李宇春大气的风格下又平添了几分妩媚。同一时间的几首翻唱歌曲，比如《仙剑赋》《青衫隐》等，虽然未收录入专辑，也都唱出了自己的水准，甚至在一定程度上，取代了原唱的地位。（《飞羽》到底是原唱还是翻唱，说法不一，不好定论，故此处暂不讨论。）

主打歌曲《剑如虹》是继《诛仙》主题曲《相思引》之后的又一游戏主题曲大作，既能体现剑势如虹的豪迈，又能表现江湖儿女的柔情，大气中不乏细腻，缥缈中不失刚毅。

第二波主打歌《墨魂》则是一首极具水准的歌曲，有别于周杰伦的中国风的编曲模式，董贞缥缈的声线与唱法、优美的旋律等都是这首歌的亮点，歌词更是演绎了一场人鬼情未了的生死爱恋，堪称古风歌曲中的绝世经典之作，教科书般的范本。

而《湖畔》则是另外一首极具水准的优美之作，其缠绵动情处，可媲美《墨魂》的缠绵凄婉，而流转写意的曲调更是将一幅江南烟雨图刻画得如诗如画，让人流连忘返。

4.《九音贞经》——千世仙缘醉九音，梦影飞花忆“贞”经

2011 年 11 月的《九音贞经》，算是董贞送给古风迷们的最具重量级的礼物。顾名思义，这张专辑既是武侠典籍《九阴真经》的谐音，也代表着九首最新原创歌曲。值得注意的是，在以前的专辑中，或多或少都有几首翻唱歌曲，而《九音贞经》中九首歌曲全部是原唱，其中有四首还是由董贞亲自操刀创作。而这九首歌曲，无一例外，首首经典，曲曲耐听。

《天净沙·秋思》和《重阳》，是从古诗词中创作出来的歌曲。歌词以马致远的《天净沙·秋思》和李清照的《醉花阴》为载体，佐以委婉细腻的曲调，完美再现了古代人的爱恨离愁和幽幽情思。

《问剑》《梦幻修仙》《御剑江湖》以及《醉梦仙霖》均是为游戏所制作。而这几首歌各有特点。《问剑》作为主打歌曲，歌词古色生香，曲调婉转悠韵，处处透着禅意，颇有“江湖儿女江湖老”

的意味。而《梦幻修仙》的曲调则高昂了许多，生气勃勃又流转随心。《御剑江湖》开场平淡，高潮处一波三叠，层层浪涌，始见滔天瀚海之象。至于《醉梦仙霖》，则是少有的大气，从歌词到谱曲，用一股睥睨天下的傲然之气讲述了一个修真少年艰难求道，舍弃情爱，最终修成正果的故事，歌曲中还流露出天远地阔的寂寥、怅惘与无奈之情。

《剑起苍澜》由一个古风团队所作，歌曲中紧紧围绕“剑起苍澜”四个字，反复咏叹，歌词融合《仙剑奇侠传》等网游背景，听来甚是有感觉。《情花》从始至终都流淌着一股细腻绵长的江湖味和武侠气息，恍如飞泉激荡，流泻千里。

本张专辑的第二首主打歌曲《幽狐》取材于《聊斋》中古老的神话故事，用生僻的字词和千年的典故，讲述了一个狐妖对一个俊美书生一见钟情，最终相思成痴的唯美爱情故事。歌词中的场景如诗画一般美好，加上董贞亲自谱曲，使得这样一首古风歌曲中的“异类”丝毫不逊色于专辑中的其他八首，并隐隐有凌驾于之上的气势。

四、寄语

从最初的翻唱前人经典，为别人创作，到如今独当一面，扛起仙侠古风的大旗，董贞的梦想之路走得非常之顺，却也极度不平凡；从《快乐女声》的失利，再到《中国好声音》的败北，董贞的出名之路可谓布满荆棘，挑战不断。

到底是坚持梦想，还是随波逐流，走上一条与当红歌手一样的辉煌大道，董贞迷茫过，也挣扎过，甚至自暴自弃过，我们很庆幸她最终有了自己的选择和方向。殊不知坚持梦想本身就是一件值得尊敬的事，仙侠古风的天地虽然小，却也可以托起董贞展翅翱翔的“翅膀”。

前段时间，看到董贞逐渐走出《中国好声音》的阴霾，慢慢又找回了自我，并开始接手各类仙侠歌曲的创作和演唱，这不仅是董贞之幸，也是广大古风迷之幸，更是整个仙侠界之幸。

相信有了这次的经验和教训，董贞会比以前更加成熟，创作出更多传世经典歌曲，从而让仙侠古风走出樊笼，面向全中国。

2013年2月10日，于安庆

思曲三千，唯慕少司

打开少司命的音乐主页，映入眼帘的是一条十分显眼的声明：“不接合作，写不写歌，写什么歌全凭心情；不喜欢团队，敬而远之；所有歌曲，商业的不授权，不商业的授权，不用私信问我；如果喜欢我的歌请默默地听，不用帮我宣传；不喜欢抱团，不喜欢各种关系，请孤立我。”

看似有点“不近人情”的声明，其实却恰恰能看出少司命是一个非常有特点、有想法的女孩。这是个爱做梦的年代，每个人都祈盼着有朝一日功成名就，一飞冲天。尤其是闪耀着青春色彩的花季少女，更何况小有名气的音乐创作人了。君不见，《快乐女声》自举办以来，多少人挤破了脑袋只为站在冠军的舞台上，实现自己的明星梦；君不见，《中国好声音》携浩荡之势席卷全国的时候，又有多少内幕，多少倾轧，就连仙侠女教主，古风界颇具名气的才女董贞也不能免俗，最终落得个折戟沉沙，只能含羞忍辱而去。

生活在这样一个物欲横流的社会，少司命还能有这样的心态，这样清晰的认知，能够不迷失自我，坚持自己的想法，实是一件难能可贵的事情。

少司命是何许人也？据百度百科介绍，她原名楼梦茜，为浙江大学学生。关于这个女孩的更多介绍，网上很难找到资料，或许，关于其人的点点滴滴，我们只能通过她的歌声来寻求答案。

音乐，也是心声的一种表现。一个人内心的所想所感，都能从音乐中找到最好的诠释。

作为新兴的古风音乐创作人，少司命不似心然、董贞那般被打上了仙侠游戏音乐的烙印，也不像河图、HITA 那样拥有一个团队，可以创作出无与伦比的华丽古风。她的音乐创作似乎更加随性，却也更加发乎情、出乎性，更能让人感受到古风世界里的那种飞扬跳脱和古韵墨香。

一声叹 剑气萧索江湖远

最初接触到少司命，是《一剑轻安》。这首歌沿袭了河图《倾尽天下》的创作风格，同样有一个庞大的故事背景作为文案，而歌词之中，更是将“眉目如画”“倾尽天下”等字眼直接套用，乍一听来，似乎是“倾尽天下”的变奏曲，细细咀嚼，却发现其中别有一种女儿家的韵味，而这种韵味，绝不是《倾尽天下》那种大气沧桑的基调所能表达出来的。

我时常想，《一剑轻安》到底想表达一个什么样的主题呢？曾经有一段时间近乎偏执地单曲循环，一遍一遍地听，我想象不出，到底是怎样的一把剑，可以将天下倾覆，只为轻安？或许，临安城里那喑哑的二胡声响起的时候，那悲调不成歌的京剧也随着风沙声渐行渐远，早已遗忘了太多太多。

也许正如文案中京娘所说：“以前的事，我已记不清了，只记得那晚从废墟中醒来之后，我便一直往江南来，仿佛这里，有我的归宿。只是，每晚，我还是会望着大漠，因为我从那里来，也曾死在那里。”

一剑轻安，长空一剑，孰为轻安。

这首中规中矩的古风歌曲，或许可以看作少司命对河图等老前辈的致敬，为古风界带来了一份惊艳的礼物。但初听《红颜若雪》给人带来的震撼，会让人生出一种这样的感觉：这，就是少司命，无可挑剔，无法代替。

在网络上随便一搜，不难找到尉迟嘉馨为《红颜若雪》这首歌量身定做的MV，从这个简短得不能再简短的四分钟视频里，细心的观众总能够捕捉到一些感动。这是一首没有文案的歌曲，没有任何的故事背景，却正是因为如此，这首歌才具有了许多古风音乐的共性，让每一个古风爱好者都能从中感受到一个不同的世界，领略到不同的风姿。

《宿命》与《红颜若雪》风格相近，同样以肃杀、孤冷为感情基调，在特定的背景下写特定的故事。曲不离刀光剑影，调还咏儿女柔情，在这样一字一句塑造的江湖世界里，让人找到许多熟悉的场景，许多似曾相识的感觉。

或许，这就是音乐的魅力所在，几句简单的吟咏勾勒，就能让人感受到强烈的画面感和情感之外的热烈气氛。

两声叹 江南雾隐锁珠帘

可以想见，少司命定是爱极了沧月，才会有《以剑之名》和《千山雪寂》的诞生。《以剑之名》脱胎于沧月的小说《听雪楼》，笔者有幸，阅读过这部武侠小说，从夕影刀到血薇剑，两个风华绝代的人中龙凤的命运被紧紧联系在一起，萧忆情、舒靖容，是天下第一杀手组织听雪楼的男女主人，刀剑并世，闯洞庭，战拜月，名动天下，着实让人入迷。《以剑之名》的背景便是取材于此，着重描绘萧忆情和舒靖容之间那种彼此以命相交却若即若离的感情，即便没有读过小说，单单从这一首歌，也能够体味出这种无奈却又让人钦羡的情谊。

小说《七夜雪》我没有看过，所以对于《千山雪寂》的了解，仅仅止于歌曲本身。歌曲仍然是少司命独有的风格，曲调从头至尾异常平淡，没有所谓的高潮，也没有起承转合，始终以一种非常舒缓的基调，慢慢拉开一幅关于雪的画卷。然正是因着平缓，更显寥廓。通过这首歌，我第一次从少司命的歌声里，找到了“百听不厌”的感觉。

然而，少司命的歌曲，却不尽然是那种刀剑肃杀之气的江湖歌曲，其中也不乏极尽委婉、曲调优美的作品。《临安记忆》几乎是一首可以和萱贞《墨魂》相媲美的歌曲，不论是流转曼妙的旋律，还是古色生香的歌词，都给人一种美不胜收的感觉。而与普通纯粹的抒情诗歌不同的是，这首歌融入了历史大背景之中，不乏画楼烟雨的扬州三月，也掺杂有铁骨铮铮的马蹄踏踏，将临安的柔美与刚性表现得淋漓尽致。

《水墨江南》极尽笔墨，向人们描绘了烟色朦胧的水乡之美，所选取的几种特定的意象——渡口乌篷、长短诗句、野路酒家、江影晚照，无一不是江南独有的景致。《茶道》曲调一般，歌词却是精心设计，前后一致的高度对称，形成了整首歌词的回文风格，可谓一大特色，值得反复倾听。

一面是大气萧索的江湖厮杀，一面是柔肠百转的江南画卷，少司命用截然不同的唱法，将两种风格完全背道而驰的歌曲演绎得十分到位。不得不说，这既是她音乐天赋的一种体现，也必然是她极度用心所换来的结果。

三声叹 一生一曲一翩跹

十分有意思的是，少司命的有些歌曲，听起来极似某些知名古风歌曲的姐妹曲。姑且不论《一剑轻安》与《倾尽天下》之间剪不断理还乱的关系纠葛，《戏楼》一曲就能初见端倪。

如果说刘子菲的《越女》开创了古风类以戏曲入歌曲的先河的话，那么少司命《戏楼》在这一方面的不俗表现，亦足以让人眼前一亮。《戏楼》全曲以戏曲为基调，咏唱的故事也与戏院有关，正所谓“戏子入画，一生天涯”，将戏子的悲戚与无奈演绎得十分传神。

无独有偶，河图的《第三十八年夏至》则是另一首以戏子为主题的古风歌曲。相较于少司命的《戏楼》，河图更侧重于表现戏子自身的自怜身世，从而达到一种与听众的共鸣。作为古风界著名的老牌音乐创作人，不得不说，河图在表现张力上，做得远比少司命优秀得多。

说到《宫心》就不得不提电视剧《步步惊心》。自《步步惊心》被搬上荧屏以来，宫廷戏迅速升温，很快席卷国内地方电视台，而剧情中所谓的后宫倾轧、感人故事，自然也成为众多古风爱好者笔下灵感的源泉。

不论是《步步惊心》的主题曲《三寸天堂》，还是后来“墨明棋妙”旗下的《步步皆殇》，乃至《步步梦归尘》，无一不是比类曲目的代表之作。《宫心》也不例外，将主旋律定格在宫廷争斗之上，着力塑造出深宫大院钩心斗角、步步为营的残酷斗争的事实。

此中翘楚我以为是HITA的《步步梦归尘》。《步步梦归尘》起调就给人一种十分悲凉的感觉，将后宫的尔虞我诈、阴谋弄权赤裸裸地展现在人们面前，同时还给人以极强的代入感，让人深切体味到那种想爱而不敢深爱的痛苦况味。

但《步步梦归尘》毕竟扣《步步惊心》的主题过于紧密，所以在展开度上，反而要稍逊《宫心》一筹。然不管是《步步梦归尘》，还是《宫心》，曲调都异常悲观，给人一种厌世情结的压抑感。反而是以歌颂爱情为主的《三寸天堂》，在旋律上要显得积极得多。

四声叹 此生只为重小烟

说到这里，其实少司命的歌曲，已经分析得差不多了。不论是以《红颜若雪》为代表的江湖派，还是以《临安记忆》为代表的柔情派，抑或是如《戏楼》那样的代入派，少司命总能带给人惊喜。

然而当我们回过头来，再来审视少司命这个人，似乎仍无法将她与那个有个性、敢于活出自我的青春女孩联系起来。然而终于让我在其他几首歌里，找到了最终答案。

少司命在音乐创作一块，是有几个真心相交的朋友的：一为清水无香，一为重小烟。清水无香多体现在音乐合作上，或偶尔在彼此的百度贴吧里插科打诨，说些玩笑话。而重小烟，我相信少司命是真心把她当作自己的姐姐看待的。

重小烟是谁我并不知道，但我清楚地知道，重小烟两年生日，少司命为她写了两首歌庆生，一首《烟雨迷离》，将对重小烟的感激之心、敬佩之情都融于一江烟雨之中；一曲《烟火倾城》，果真有倾城的姿态，她将那一世烟火，化作情丝百转，萦绕心间，泻于笔端，吟成一首动人的旋律。

很难说重小烟遇见少司命，到底谁更幸福，也或许，朋友之间，本就没有幸福与否一说，一旦入心，便是一种不离不弃。少司命说，以后重小烟每年过生日，自己都会为她写一首歌，这是一个承诺，一个对朋友的誓言。

可不是吗，就比如我们，彼此为熟稔的朋友们写着文字，谁能说是写的人更快乐，还是收到文字的人更幸福呢？快乐本来就是双向的，只因彼此太过了解，才会有说不完的话，写不完的歌。

让我感触最深刻的，还是《杯酒释兵权》里的那几句歌词：

> 此棋落，为这一局输赢认真；
>
> 生千根，重花恋黄昏。
>
> 一夜风，小楼听雨灯辉摇梦；
>
> 曲渐散，烟缕归尘。

很美的歌词，但只要细心一点，就会发现这是藏头句，将每句开头第一个字竖着连读起来，恰恰是："此生一曲，为重小烟。"正是这八个字，让我不觉眼眶一热。这女孩该是多么重情重义，又是多么有心，只因这八个字，我真正听懂了少司命。再联系她在音乐主页上那个飞扬跋扈的声明，岂不正是她的青春宣言？

青春，本就该活出这般本色，这般绚丽多彩。活出自己的本心，便是最幸福的事。少司命做到了，她将自己的悲喜都写进歌词，谱成歌曲，从而成为一首首催人泪下而又让人难以忘怀的旋律。

旋律，往往是动人的，而当它与演唱者的情思深深融合在一起，我确信，谱写出来的，一定是世间最美好的诗意。

颜夕溪作品

菊事

晚秋近冬，寒意凌人。樱红柳绿早早地褪去了生命的底色，夏荷、丹桂也悄悄隐匿了芳踪。唯有秋菊迎霜绽放，风韵不减，给本是萧索的秋日，平添了一抹生机。

菊，百花之中，花期最晚。所有的花都已露完自己的锋芒了，它才姗姗而来。有人说，菊太傻，错过了登台表演的最佳时机。也有人说，菊太可怜，独独选择秋天绽放，孤零零地，连个伴也没有。

其实，菊不傻，也不可怜，它只是个性太耿直，不愿人云亦云罢了。

杨万里《赏菊四首》里说：“物性从来各一家，谁贪寒瘦厌妍华。菊花自择风霜国，不是春外菊花。”说得多好！不是春光对菊花见外，不让菊花在春天里开放，而是菊花自己选择到秋天的风霜中去。世间万物从来都是各有秉性，菊也如此。无论百花如何争奇斗艳，它不凑这个热闹。无论季节如何轮转，它一意孤行只选择在自己喜欢的季节盛开。

“花红柳绿，与我何干？”如此个性十足的花，我想我是喜欢的。此刻，恰逢菊花烂漫时，向来“花痴”的我断不愿错过。于是，赶着秋日的“尾巴”，相邀男友去上海大学看了一场菊展。

临行前，一场猝不及防的大雨唤起了心底的不安，生怕那花难敌暴雨揉虐，就此香消玉殒，魂归了大地。抵达目的地，已是雨过天晴。地上散落着丝丝缕缕的菊瓣，还能看到它与强风劲雨搏击的痕迹。那花像受了轻伤的女子，衣衫打湿了，妆也晕花了。可是，神采依然如故。高昂的身躯不折不弯，从前有的骄傲，现在都有。一贯的姿态，自顾自地开着，不卑不亢。它也像一个大义凛然的将军，所有士兵都已阵亡，敌人的刀抵在它的脖子上叫嚣，而它宁愿挥刀诀别命赴黄泉，也要在人间留下最光辉的一笔。

原以为菊柔柔弱弱，像躲在深闺处羞答答的女子，竟不知它也有几分男儿的英气和傲骨。这一刻，在菊面前，我意识到了自己的无知，怎么能因为妄加猜测就小瞧了这样倔强地活着的生命呢？

细细想来，菊不仅是秋天里一道独特的风景，更是有灵魂的生命。它懂得坚守本心，有自己特立独行的个性。要死，就死得悲壮。要活，就活得绚烂。我想，这样风骨铮铮的花，任谁都会倾心。难怪，从古至今，无数文人墨客会为它挥洒笔墨，用他们的妙手织就众多锦绣诗篇，以此表达对菊的倾慕之情。

“寒花开已尽，菊蕊独盈枝。”百花已凋谢，唯有菊傲立枝头。寥寥数句中，杜甫对菊的赏识，可见一斑。

“不是花中偏爱菊，此花开尽更无花。”元稹爱菊，说得更直接。“偏”“更无花”，诗人爱菊之情、惜菊之意尽在里面了。

齐己说：“无艳无妖别有香，栽多不为待重阳。莫嫌醒眼相看过，却是真心爱澹黄。”他不仅爱菊，更要在庭前院后修篱种菊，可见对菊的拳拳之心。

东坡一句“菊残犹有傲霜枝”，既赞菊花的品格亦隐喻自己的情操。

“一花一世界，一叶一菩提。”徜徉在诗人的世界里，感受菊的每分呼吸，每次心跳。那些堆叠的字句仿佛也沾染了菊的灵性，汩汩流进我的每一寸肌肤，唤醒了凝固的思绪。我仿佛看见那些和菊息息相通的人一下子鲜活起来，正手捻一瓣菊香向我走来，一颦一笑，遥远却又真实。

我看见了那个辞官归隐山林，乐得田园多逍遥的五柳先生，信步游离在南山下，专心侍奉着自己的菊花，满眼的悠然自得。菊，俨然已是他身上的标签，更有人把他称为菊的“守护神”。他家道中落，生活窘迫，曾想靠做官改变现状。只是心性淡泊，看不惯官场里的趋炎附势，不愿“为五斗米折腰，拳拳事乡里小人邪”，于是毅然解绶还乡，过起了与菊比邻而居的田园生活。这样的高风亮节，很少有人能企及。若放到物欲横流的今天，很少有人像他这样潇洒，或者说傻。有份稳定工作已实属不易，更何况还是“铁饭碗”。如若轻易舍弃，定会被人嗤笑，此人不傻则疯。一朝沧海，一日桑田。不知是古人把功名利禄看得太轻，还是我们把房子、车子、票子看得太重？是古人生活得太过随心，还是我们在灯火酒绿中淹没了本真？是古人将一盏茶喝到了无味，将生活过到了无心，还是我们被世俗牵绊丢失了灵魂？人生短暂数十载，又何必委曲求全做了它的奴隶？唯愿现代的你我，在纸醉金迷的生活中，能找到属于自己的那方晴空。像陶渊明一样，活得不卑不亢，活得真实坦荡，活得随心随性，不忘风骨与初心。

我看见了“宁可枝头抱香死，何曾吹落北风中”的沈眉庄。沈眉庄初时得宠，雍正问她为何爱菊，她淡然一笑，只说了这句“宁可枝头抱香死，何曾吹落北风中”。这句诗赞扬的是菊清高孤傲的气节，其实，更是沈眉庄的写照。在被华妃陷害假孕争宠时，她没有辩解，只问了句：“皇上，你信我吗？”这句话问得着实让人心疼，也问出了后宫女子的悲哀。最是君王无情，不过是朝三暮四的薄情之人。一道圣旨降下，她被禁足关押。菊落了一地，他们之间的情分也尽了。后来，真相大白。在碎玉轩，雍正和她饮酒说话。雍正说：“从前只觉你端庄，自从出了华妃的事，才知你也是有傲气的，竟然能埋怨那么久，再不与我亲近。”菊花的花语是清净、高洁、真情，正是沈眉庄的写照。雍正只知沈眉庄爱菊，却哪里知道她就是那朵高傲的菊，宁为玉碎，不为瓦全，有自己的风骨和气节。

雪小禅说：“世上的人，总有一种植物就是自己前世的化身。有人是那热烈的花，有人是那绿幽幽的植物。”我不知道，自己的前世是什么，但我却知道，那个不折不弯的五柳先生，那个傲气凛凛的沈眉庄，前世里一定是那朵绚烂的菊，将自己最美的一生，给了秋天，给了大地，给了世人。

时间，像长了翅膀。还未将菊的容颜铭刻心间，一天已转瞬而过。要走了，男友说：“这么美的花，再多看几眼吧，留作最后的怀念。”

是啊，菊花谢尽，花的盛宴落下帷幕，一年花事了。或许明年，花依旧会开，却已不是当初的那一朵。这一眼，竟成了永远。这一别，也许就是永远的诀别。想来，不免令人心生微凉。

美好的东西，总是稍纵即逝，若遇不到珍惜它的人，是种遗憾。就像一个浑浑噩噩虚度了大半生的老人，青春已荡然无存，生命即将消散殆尽，回首被蹉跎的岁月，他又怎能不扼腕，不痛惜？更像是两个有缘无分的人，一次不经意的擦肩，也许就是永远的错过。

想到这里，我不禁将男友的手握得更紧了。此刻，几个字从我心底涌出——珍惜眼前人。

留白

有一种词不婉约，不唯美，看似简简单单，平淡无奇，但只是那么轻轻一读，便有一缕幽香扑面而来，更有一份不加雕琢的纯美萦绕于心。有一种美只能暗存心间细细品味，不能言，不可说，仿佛一开口就失去了最原始的韵味。这就是留白，我喜欢的一个词。如若有心，你会发现，生活中处处可见留白。

留白，是指书画艺术创作中为使整个作品画面、章法更为协调、精美而有意留下相应的空白，给欣赏者以想象的空间。这在南宋马远的《寒江独钓图》里表现得最充分，只见画中一只小舟，一个渔翁在垂钓，整幅画中没有一丝水，却让人感到烟波浩渺，满幅皆水。

留白是绘画中必不可少的技巧，适度的留白给人想象的空间，给人艺术的美感，就如一首内敛的散文诗，离奇缥缈而又灿烂深远，朦胧之美尽显其中。留白是一种智慧，更是一种境界。艺术大师往往都是留白的大师，方寸之地亦显天地之宽。一山一水，一草一木，因着恰到好处的留白技巧而意蕴更显深远，水墨也因留白而变得更富有鲜活生命力。一幅成功的画作，一定是画家揉碎了自己的灵魂，蘸着梦想，一笔一画勾勒出来的。欣赏这样的画作，也要揉碎自己的灵魂，走进去，用心品味，方可读懂“只能意会，不可言说”的留白艺术，亦能理解“此处无物胜有物”的曼妙精髓。

留白，即残缺。佛家有云：“残缺就是圆满。”无疑，懂得留白，也是懂得了残缺之美。留白的艺术，在许多文学作品里表现得尤为突出。如郭敬明的作品，大起大落，大喜大悲，故事残缺，遗憾收尾，这俨然是他的风格。每每读罢他的小说，总让人难以自制地捶胸顿足，唏嘘感叹。无论是最早的《梦里花落知多少》，还是走向荧屏的《小时代》，一段波澜不惊的故事往往在离圆满只有一步之遥时，突然峰回路转，或是一场大火，或是一场飞来横祸，硬生生地偏离了原来我们臆想的轨道。鲁迅先生说："喜剧是把人生无价值的东西撕破了给人看，悲剧则是把人生有价值的东西毁灭了给人看。后者惨烈，更具震撼力，更容易引起人的共鸣！前者一般取得的是讽刺的效果，很少有悲剧那种震撼！"是啊，世间太纯粹、太圆满的东西总是不能让人铭记，一味地追求幸福和圆满，也往往容易被烟火气息所吞没，倒是人世间的残缺和遗憾总是让人刻骨铭心。"抱残守缺，余香幽远。"郭敬明凭借着独特的写作风格在青春文学中掀起了一阵狂潮，在一代青年人心里留下了一笔浓厚的青春色彩。这就是文字的美，残缺的美，留白的美。

留白是一个太过美丽的词语，总能令人遐思飘飞，浮想联翩。留白的艺术，不仅仅用在绘画和文学作品中，生活中的方方面面都需要留白。

人生，需要留白。留白，是生活中智者的生存方式，是历经俗事后方能拥有的大智慧，是返璞归真后淡看花开花落的洒脱。这是一个物欲横流的社会，每日身处浊世喧嚣，被柴米油盐鞭赶着前行，被金钱、名利淹没了本真。那些名，那些利，那些斤斤计较和放不下，背负太多，太沉了，沉到不知不觉间让人双眼朦胧迷失了自己。

所谓真正的幸福，不是名利荣誉萦绕，不是名车豪宅在手，不是锦衣玉食无忧。而是发自内心的一种满足感，它是心灵的自由，灵魂的惬意。

与那种灯红酒绿、纸醉金迷的物质生活相比，我更愿意活得简单一些，不盲从，不计较，不贪婪，活得从容、淡定、简单。在奔波劳累之余，懂得卸下身上的包袱，给自己的生活留白，将喧嚣挤破，将纷乱赶跑，只剩下柔和的心境，淡泊而悠长。只有删繁从简，在生活中觅一处心灵栖息之地，学会把心放空，学会留白，学会释放压力，才能享受到生活中更多美妙的诗篇。

爱情，需要留白。一直喜欢着简单的东西，更可靠，更稳妥，更绵长，更有安全感。感情亦是如此，细水长流，简简单单的情感方能维系久远。如雪小禅所说，“你若爱一个人，隔着山隔着水远远地欣赏着总是最美的，如此这般就够了”。诚然，真正的爱，不是爱到极端，歇斯底里。不是死缠烂打，轰轰烈烈。而是不浓不烈，不远不近，留有余地。在爱情中太过亲密无间，总会生出罅隙，时间久了反而会让人觉得索然无味。没有空间，没有自由，没有想象的感情只是一盘沙，抓得越紧，漏掉的也越多。言未尽，情已穷，爱情最大的悲哀莫过于此，也许今天还十指相扣的两个人，明天就已劳燕分飞。

爱情，是朵花，半开就好。保留一点儿犹抱琵琶半遮面的神秘感和欲说还休的余音，也给对方平添几分悠长的回味，如此，甚好。给爱留白，是一种理解，是一种尊重，更是一种懂得。留下一点空白，给爱情喘息的机会，你尊重我，我理解你，不说爱情，胜似爱情。

友情，需要留白。在人生的道路上，我们也许会遇到许多可以称为朋友的人，有的浓烈似酒，有的醇厚似茶，真正能够维系久远的却是淡淡如水的君子之交。真正的朋友不是今天在大街上勾肩搭背，不是明天在饭桌上侃侃而谈，也不是后天在歌厅唱歌时放浪不羁，而是哪怕彼此久未联系，却一直深藏心底，即使相隔多年，依旧不会疏离。一直认为任何事物太过张扬总会最先暗淡。开得最早的花，一定掉落得也最急，繁华落幕后，势必也是荒凉收场，而世间的友情，只有落在一朝一夕、一笑一语里，才可入心般牵挂，踏实而温暖。

周国平说："距离是朋友的氧气。"是啊，每个人心中都有一片净土，那里埋藏着自己的秘密和情绪，是旁人不能涉足的禁地。人与人交往，应保持一定的距离，不能热情过度，不能逾越底线，遥遥地关注着、懂得着、欣赏着就够了。距离是友情的留白。给友情留白，给彼此足够的呼吸空间，才能拥有不变的真情，才能拥有灵魂深处的惬意和收获。

留白不只是一个词语，它更是一种智慧，一种胸襟，一种气度，一种生命从容、淡然的方式。唯愿我们都能带着一颗留白的心上路，在光阴里扮演一个最从容的角色，就这样，慢慢地歌唱、行走。

城市情结

一直相信，每个人心里都住着一座城，那里生长着一片属于自己的原始森林，无论岁月如何侵蚀打磨，无论风雨如何冲刷洗礼，它依旧神圣、纯净、美好，一如初次念起时的模样。

——题记

光阴如梭，一转眼在上海已待了三年有余。于我而言，这是一座简单又充满温情的城市，它没有长满青苔的青石板路，亦看不到操着一口吴侬软语缓缓走过的才子佳人，就连下雨时也无法匹敌那江南杏花烟雨的朦胧之美。然而，一朵花有一朵花的姿态，一座城有一座城的风情，就是这样看似索然无味的一座城，却牵扯着我心里多年来难以言说的莫名情愫，在我心里停留至今。

我不知道这是不是安妮宝贝书中所写的“城市情结”，但我知道那些烙在心上的记忆，跟掌心上的纹路一样，抹不去，斩不断，成为不可磨灭的印记。

记得很多年前，对这座城的认知还只是停留在家里小小的黑白屏幕和纵横交错的地图上。少不更事的我倚在院子门口，一边向着远方张望，一边用手指从地图上丈量着从家到上海的距离。1051 公里，如此一个天文数字如银河一般，生生地将两代人隔成了天南海北。那是一个爱做梦的年纪，最记忆犹新的时刻，无疑是梦见自己长出了一对翅膀，飞到那座城和朝思暮想的父母相拥而泣。每次从梦中哭着醒来，对这座城的牵挂就会多一分，对家人的思念也就更浓一分。

窗外的白杨树叶子绿了又黄，黄了又落，落了又绿。几经轮回之后，我在教科书里邂逅了余光中的《乡愁》。第一次，我在这首诗里读出了一种久违的感动，以至于眼前泛起薄薄的轻雾。老师的讲课声仍继续着，而我已听不见他说了什么，只有这首《乡愁》一遍一遍地在我耳边回响。“小时候 / 乡愁是一枚小小的邮票 / 我在这头 / 母亲在那头……”原来那座城虽不是我的故乡，却承载着和故乡一样厚重的牵挂。原来当一座城被人赋予了浓厚的色彩时，它不再是一个空旷的躯壳，它是承载思念与牵挂的桥梁，亦是安放疲惫心灵的避风港。

时间像奔腾不息的河流，永远无法逆流。读书的日子就像大风吹书页，呼啦啦地就翻过去了。几年后，当大学毕业后的我终于站在了这座流光溢彩的城市里时，竟然有一种莫名想要流泪的冲动。依旧澄澈瓦蓝的天空，依旧明亮刺眼的阳光和高大茂盛的法国梧桐，依旧神色匆匆的人群从拥挤喧闹的地铁站里打马而过……这一切的一切，曾反复出现在多年前的那些梦境里，而今离我如此遥远却又如此真实。

我曾以为这座城于我来说有着不可逾越的意义，却不知道，对母亲来说，这座城的意义更是不同。对于这座城，母亲该是多么熟悉啊，这里有她的青春，有她的依恋，有她的思念，有她所有的热情和梦想。而我，不过是这座城里匆匆的过客罢了，只留下了一抹浅薄的身影和年少天真的记忆。

一路走来，这座城见证了母亲每一步的生活印记。从正值青春到容颜渐老，从生意兴盛到逐渐萧条，这里保留了她生命中最美丽的青春和最深切的依恋。我曾经笑着调侃道：“你可以考虑从头再来，东山再起呀……”母亲回应道：“年纪大了，没有当初的壮志激情了，现在即使有心也无力了，一家人团圆就是最大的幸福。”

短短一句话，听得我无语凝噎，如鲠在喉。我不懂得，这话语里蕴含着怎样的一种情愫。但在那一刻，我终于明白，原来自己现在拥有的一切幸福，都是用母亲的整个青春换来的。原来少年的我在张望这座城市的同时，她也在这座城市张望着我，这血浓于水的亲情，是无论如何也割舍不了的。

一个人，一座城，有着多少温情牵挂，又有着多少尘世浮华。一座城，如一条古老的巷子，藏着一段幽深的故事，或许，若干年后，当我们走出巷口时，便只剩下回忆了。悠悠的岁月也势必会将一些东西改变，但我知道，那些关于这座城市的情结却一直不会变。

又见玉兰花开

早春时节，阳光明晃温热，枯树又添新芽。如果此刻，你有足够的闲情逸致，摒弃一身的世俗疲惫，那么你能看见窗外绽放的玉兰。倘若你所在的城市叫上海的话，那里更有一种别样的风情。

玉兰作为上海的市花于我并不陌生，每年此时，随处可见一排排开得浓烈的花，粉如霞，白似雪，亭亭玉立地开着，它们作为春的使者，提早给春天注入了第一抹生机。

之前的我并不知道它为何是这座城的市花，只觉得在看到那些纯白淡雅花瓣的瞬间分外舒心，即使不言不语，就这样静静看着都有一种柔软韵律的美。而今，在这座城待了三年有余，之前纠缠的那个心结也渐渐解开，才知道原来没有一朵花能比玉兰更适合上海这座城。

在上海这个高楼林立的大都市里，有多少人拖着疲惫的躯壳在努力找寻着自己的一席之地，有多少人顶着无形的压力颠沛流离地在高楼大厦之间穿梭，又有多少人在纸醉金迷的霓虹喧嚣里渐渐迷失了自己……人人都喜欢说，不忘初心，方能始终，可真正做到的又有几人？而今，恐怕有许多人早已被世俗名利蒙了心智，丢了自我，只留下一具躯体残骸。此时，不妨抛开俗世的牵绊，去嗅一嗅玉兰的一瓣花香。它有一种淡雅神韵，超然物外，从容淡定。看着它你就会静下心来，不争不抢，不怨不艾。

一粒沙一个世界，一朵花一座天堂。上海正是因这朵花的倩影而平添了一抹情动，在这朵花里，你会看见一个别样的世界，那里折射出的是真善美的本源，那里一片宁静祥和，那里纯白如洗，不染尘埃，那里时时刻刻会让你认清自己是谁，要去哪里。

我想，我就是因此才喜欢玉兰的，深深浅浅地喜欢着，以至于就连心里也住进了一朵玉兰。

前段日子，一场疾病来得猝不及防。凌晨两点，疼痛不断撕扯着我，辗转难眠，索性打开手机登上QQ准备找个人一吐为快，当然我不能确定这个时间，还有谁如我一样，仍待在网络那端。可是生活有时候就是会这样有意无意地给你送上一份惊喜，登上QQ的一刹那，迎接我的是两朵玉兰花，那是五分钟前好姐妹玥玥发来的照片，她说："溪儿，你看我们学校的玉兰花开了，看见它就想起了你，拍下来与你分享，花都已开了，你的身体也要快些好起来，我等着你安然归来……"

一抹温情就这样被一朵花承载着传递到我心里，温暖了我，也抚慰了被疾病困扰许久的心灵。那一刻，我笑了。我知道从那一刻开始，它不再仅仅是一朵花，它是有灵魂的生命。我喜欢用"灵魂"两个字去形容那些被人赋予了一定情感的事物，比如文字，比如一朵花。它们看似静止无生命，实则鲜活灵动，它们有呼吸，有心跳，只是里面掩藏的种种情感只有用心才能触摸得到。

记得雪小禅的《倾城记》里有这么一段关于玉兰的描写，"玉兰有一种轻薄。虽然看似浓烈，其实是最没有心机的花。它没有毒性的辣味，只有一股傻气"。毫无疑问，玉兰是傻的，个性太了然，它不屑于浓妆艳抹去卖弄风情，也不需要靠绿叶的陪衬去增光添彩，它只是这样傻傻地做着最初的自己。这样傻气的结果是当春意浓郁百花争艳之时，它却如一块脏兮兮的无人问津的“白手帕”。可是，只有玉兰知道，此生，不去依靠什么，不去寻找什么，不问结果，只为一次倾其一生绽放，就足够了。

龙应台说：“有一种寂寞，是茫茫天地之间‘余舟一芥’的无边无际无着落，人只能各自孤独面对，素颜修行。”或许，如她所说，玉兰也是寂寞的，所以，它才会选择孤独绽放，素颜修行。其实，如此，甚好。孤独并不可耻，素颜修行也没什么不好，人生朴素的核心，就是简简单单地活着，为自己，为梦想，为春天，仅此而已。

如果可以，此生愿做一个如玉兰般的女子，尽情绽放，不管是为了春天，还是自己。

名花三千，独爱玉兰

春天的脚步刚刚临近，百花就耐不住寂寞，早早地披上了王彩的新衣，浓妆艳抹，俏立虬枝。而在这样乱花渐欲迷人眼的时刻，玉兰却像脱离尘世的仙子，独自伫立在角落里，无意同百花争春，只是在丝丝脉络间悠然自在地安放着。

走近它，抬头细看，硕大的白色花朵，如雪伏枝，洁白如玉，富丽清婉的花朵绽满了老树虬枝。忽然想起去年的春天，第一次见到玉兰是在上海。第一次与它亲密接触，就那么一眼，我笑了。从此，它洁白的身影在我的心里定格，那份清新淡雅、超然脱俗的美，如一阵微风吹皱了我心湖的涟漪，一圈一圈撩拨着心底最柔软的记忆。

以前总是惊讶，玉兰为何会一排排、一片片，在这里盛开得如此浓烈，后来得知，玉兰是上海的市花，之后心里就有了另一种隐隐的牵挂，而关于这座城的情愫仿若跟玉兰有关，不知是因为一座城爱上了一朵花，还是因为一朵花爱上了一座城，只是这些都已不再重要。重要的是，玉兰陪我走过了这个最美的春天，成为开在我心底的花，让我为之倾心。

玉兰，我想你是翩翩动人的仙子吧，要不，你怎会这般傲然孑立于枝头，大朵大朵，花瓣如雪似银，亭亭而立，一切生命的曼妙都被你演绎在你纯白的世界里，尽情地诉说着世间的冷与暖。

玉兰，我想你是最有气质的诗人吧，要不，你怎会有一股超然脱俗的风韵，不用勾画，不用墨染，合着呼吸，伴着心跳，足以触动我们心底动人心魄的律动。

玉兰，我想你是素衣清颜的女子吧，要不，你怎会抛却一切的红装与佩饰，都说好花还需绿叶衬，而你竟然撇下绿叶，花叶不相见。在这百花争宠的春日，你的从容，你的随和，让我如此沉醉。

玉兰，我想你是坚贞不屈的战士吧，要不，你怎会有这般挺拔的花瓣，风吹不落，雨打不掉，倾尽一生只为盛放。每片花瓣上，都写满了执着，写满了守候，写满了冰心一片，这样的你，无言也美。

一花一世界，一叶一追寻。还记得前些日子热播的《杨善洲》吗？山下那一片玉兰花，让老书记惦记了一辈子。在遗嘱中，他特别交代："我死后，把我安葬在姚关清平洞的玉兰花树下。"每次看这部剧都会忍不住颤抖一下，那朦朦胧胧的纷繁花絮，一筐箩梦幻般的记忆在脑海里翻来覆去，激起了我对玉兰暗中滋长的偏爱思绪。玉兰，它硕大的白色花朵之中隐藏着倔强的美丽，正如杨善洲书记无欲无求的心境，它以最优雅的姿态向世人诠释了何为无私，何为永恒，让我们懂得投桃报李，传递善意。

从此，名花三千，而我独爱玉兰，爱它的超然物外，爱它的从容淡定。它有一种淡雅的神韵，如诗如画，看着它你就会想到博大丰腴，看着它你就会想到静默纯真的微笑，仿佛一刹那就领悟了生活中的那些无言大美。

此时恰逢玉兰花开，本应一睹玉兰花的婀娜风采，而我却因为繁忙错过了它的花期，当匆忙中缓过神来想再看一次它的素颜时，却发现它早已化作白蝶坠入大地，只是一瓣一瓣的，依旧保持着完美的姿态。我一瓣一瓣地拾起，捧在手心，心有些痛，那一刻，忽然明白了什么叫作珍惜，只是除了留下一地斑驳花影的记忆之外，再也找不回去年与你的那个初遇。

玉兰，既然今年注定与你错过，明年，请让我与你相约。让我聆听你生生不息的呼吸和心跳，同你一起盛放。

绿萝轻挽，淡雅嫣然

5 月，浅夏如烟，樱絮谢幕，槐花上场，一串串纯白花瓣缀满了枝头，如云似雪，甚是缠绵。

倚在夏日的清凉臂弯里，随心泡上一壶闲茶。茶叶被开水浸泡，叶脉渐渐舒展沉入杯底，像自己那些上下沉浮的思绪。突然就念起了你，那个身居江南的女子。想到你是由衷偏爱品茶的，闲暇时，你总喜欢静坐一隅，读书写字，听曲品茶。你说，一个人，一盏清茶，一首诗篇，这样安静朴素的生活最是惬意，一个人的时光也可以这样令人心动。

是啊，真正的平静，不是避开车马喧嚣，而是在心中修篱种菊。凡人常有，而陶渊明不常有。不是每一个人都能如陶渊明那般抛名弃利，远离世俗。我们终是行走在烟火里的凡夫俗子，也许今生都避不开红尘纷扰，躲不过车马喧嚣。那么，如你这般，在自己心里留一方小小的晴空也总归是好的，安安静静，与世无争，品茶赏文，自在从容。如我这般，总在世俗的烦琐中纠缠着的女子，骨子里更是向往你的这种从容、稳重、淡然、随性。

也许是在江南小城待的时日已久，越来越发觉你就像那在水之湄的女子，撑一把碎花青伞，款款行走在江南悠长的雨巷，杨柳微垂、细雨纷飞的清新和淡雅隐隐从你身上散发出来。

这样的你，有着“心若向阳，无畏悲伤”的从容和稳重。你懂得如何经营自己的婚姻，懂得如何照看自己的子女，懂得如何在生活的柴米油盐里游刃有余。你不一定巧笑倩兮，眉目如画，但一定冷暖自知，素心善意；你不一定八面玲珑，风情万种，但一定蕙质兰心，温婉贤淑。

这样的你，有着“任你红尘滚滚，我自清风朗月”的淡然洒脱。

这是历尽生活烟火气息后方能有的睿智成熟，这是经历众多痛苦后方能有的云淡风轻。你不追名逐利，你以你的真率笔墨淡然挥洒，在人生的斑驳中呈现出自己的真善美。这种骨子里散发出来的美，只能羡慕，只能惊叹，却永远无法复制，无法效仿。

这样的你，有着“你若盛开，清风自来”的随心随性。你的命运并非完美，你的生活有悲有喜，亦苦亦甜。但你开心时，展颜大笑，伤心时，泪如雨下，一举一动都透着真性情。你随性而活，为了心中的那片光明，即使是飞蛾扑火，也果敢决绝。

你身居江南，人似江南，连同笔下的文字也沾染了江南山水的灵性。静静地品读你的文章，将心放逐在你如花的文字里，感觉空气里处处皆是沁人花香。

你那淡雅的文字将一个个画面娓娓道来，字里行间呈现出一个淡然女子用细腻柔美的文字织就的朴素人生。或婉约柔美，或温情真挚，或清新淡雅，一字一词柔如云，淡如烟，无须刻意挥毫泼洒，自是一幅诗意的山水画。一直觉得随心而作的文字最美，不掺其他，灵动自然，也许不经意间就走入人的心底，拨动了心弦。我想你的文，大抵就是如此，虽然你曾谦虚地说自己的文华丽空洞，杂乱不成章。其实，我亲爱的姐姐，你平仄的诗行里，皆是敞亮的心声和温情，我更喜欢这种触动心弦的契合感。

总觉得“缘分”这两个字太过美丽，它能将两个看似毫无交集的人牵系在一起。一年前的某天，因着文字之缘，和你撞了个满怀。后来，在逐渐深入交流中，我对你有了更进一步的了解，开始恋上了你这个素衣清颜的女子，同时改口称你为“轻挽姐姐”。由最初的陌生，到后来的无话不谈，我们聊了许多，关于文字，关于人生，关于情感，关于世态炎凉，关于功名利禄。我惊奇地发现，你我在许多问题上都有着很深的共鸣。人生难得一知己，千古知音最难觅，或许喜欢文字的人灵魂都是相通的，所以天各一方的两个女子，才会如此心心相契、惺惺相惜。

时间的无涯里，谁都不知道某个转角会遇见谁，而命运总是在不经意间带给你希冀，抑或是埋下一颗种子，在未来的某一时刻，让我们与对的人相遇满怀。我想，此生，你便是那个我遇见的对的人吧。

手中的书信不止一次被翻阅，而今再次细读，感动仍旧如昨。这是两个月前我生病期间你特意寄来的，洋洋洒洒，情意绵长，无一不透露出你对我的关心与呵护。我一遍一遍不忍卒读，生怕错过了任何一个暖心的字眼，任何一个温情的瞬间。

信中你说，自从遇见我，你的生活发生了翻天覆地的变化，你说你由孤单冷漠的冬天雪人变成了淡然蓬勃的春天绿意，你开始生机勃勃，欣欣向荣。你说我如玉兰仙子，朋友三千，也许不在乎你这枚绿叶的清新，但你心里始终是欢喜的，是在乎着我的。

其实，我亲爱的姐姐，即使我是一朵玉兰花，也需要绿叶的陪伴，哪怕只是一片，两片……至少让我有勇气和慰藉面对凋零。触目横斜千万朵，赏心只有三两枝。一直以为真正的朋友不在于数量，而在于话与语的相契，心与心的相融。你如冬日的一缕阳光，夏日的一抹清凉，是我生活中一道不可或缺的风景，每每想起你，我的嘴角就禁不住微微上扬，心中溢满了暖暖的幸福。

还记得你说期待某一天，我们可以在风景如画的七宝老街吃海棠糕、麦芽糖，还有臭豆腐。然后谈谈理想，聊聊生活，或者什么话也不说，并肩看日落黄昏。

我始终相信，两个人若是有缘，无论置身何方，去往何处，待走遍千山万水，阅尽人世沧桑，终有一天会相逢。两个人距离再远，又有什么关系呢？无论距离多远，总有一份长长的思念，牵着你我。

不知道这段情能走多远，而我只想说，亲爱的姐姐，如若时光允许，此生，定不负你这般倾心相待。唯愿这段纯粹的友谊，贯穿始终，细水长流。

与文相约，罂粟生香

红尘滚滚，几多喧嚣，面对世态炎凉，人情冷暖，总有困倦劳顿之时。每每至此，若能泡一壶闲茶，读一首好诗，写一篇小文，便是偷得浮生半日闲，怡情又怡心，如同流浪的心找到了栖息之所。

诚然，这世界，唯有文字，能让人摒弃世俗，收起执念，感受到灵魂深处无上的快乐。与文字相约，如同跟一位睿智而淡泊的长者相处，让人感受到一种难得的亲切感，亦可以让心灵收获一处平静，并唤起灵魂对世界的爱和包容。在这里你能感受到生命的汩汩流动，体会到大自然的山清水秀，听得见花开花谢的美妙旋律，以及久逢知己的把酒言欢，执手凝噎的离别之痛，你侬我侬的浅语低喃。文字是一个人精神放牧休憩的家园，是一个人心灵停泊靠岸的港湾，那种无形之美非言语所能诠释，但凡喜文者，必是情意相通之人，无须多言，自是能懂。

转眼，行走文字里已一年有余。一年前的某个黄昏，因着网络邂逅了如画一般绚丽，梦一般柔软，诗一般灵秀的文字。初见，便惊艳了双眼。我一遍遍地沉醉其中，贪婪地嗅着纸墨花香，品味着丝丝缕缕的温情，文字的种子也自此在我心里播种，开始一点点地生根、发芽、开花……闭眼，轻嗅，满满的皆是浓韵馥香。

时常会想，如果非要我用一种花来比喻文字，哪种花最贴切呢？桃花虽美却不及它的内蕴，莲花虽洁却不及它的绚丽，菊花虽雅却不及它的独特。或许，它更像是黑夜里盛放的一朵罂粟花，带着毒的迷惑、毒的芬芳，让人上瘾，甘心为之沉醉，不可自拔。

文字，本是没有生命的东西，却拥有摄人心魄的魅力，我无法抗拒文字的诱惑。当我真的一点一点远离它时，才发觉内心的空洞与失落就像潮水般涌来，撕扯着整颗心。原来，我早已深深恋上了它。恋它的真实，恋它的高雅，恋它的魅力。恋它动人的情感、迷人的修辞、灵动的表达、浪漫的一刹那……恋着它的一切细语呢喃，时而动如秋风，时而静如深潭，时而活泼如翱翔的小鸟，时而柔软如天上的流云。夜深人静，一个人伏在书桌上，向一张白纸倾诉着喜怒哀乐的时候，我明明就听到了文字里汩汩流动的声音，心里莫名生出一种感动。是它，灿烂了我的灵魂，斑斓了我青春的画布，丰盈了我生命里的春天。

文字是对这个世界最好的倾诉方式。有些情绪无处可诉，只能寄托在字里行间。比如那些尘世里最美丽的相遇，比如那些暖心温情的瞬间，比如那些被岁月风干的回忆。在文字里，我可以尽情沉浸于自己的悲哀与欣喜，我可以尽情地泼洒我的痛、我的泪、我的幸福、我的快乐。一直以来最羡慕两种人，一种是摄影之人，一种是写文之人。两者都拥有着将时光定格的魔法。不同的是，前者是静止的，后者是灵动的。较之照片，文字里所记载的时光，则是鲜活的、灵动的、有生命的，一言一语，一颦一笑，都将在一纸素笺里活色生香。若时光不能流转回到昨天，那么，我愿意用文字的馨香记录岁月走过的每一天，等到白发苍苍迟暮之年翻起，记忆之花将以一种优雅的姿态重新绽放。

我喜欢徜徉在文字描绘出的多彩世界里，那些诗一样的句子，每个段落之间，每个词语之间，都充盈着文字的沁香，每个汉字的缝隙，都透露着清凉。

书中自有黄金屋，书中自有千钟粟，书中自有颜如玉。文字，可以净化一个人的心灵，可以让人领悟到事物的本真，可以载着我们的灵魂，飞向安宁和纯净的港湾，飞向真善美的桃花源。

有人常说，要么旅行，要么读书，身体和灵魂必须有一个在路上。是啊，如若你没有足够的时间和精力去旅行，选择与文相约又何尝不是心灵的另一种丰盈和绚烂？如若心中拥有桃花源，又何惧处处不是水云间？

我只是芸芸众生中的一个平凡女子，没有妙笔生花的文字，有的只是清浅的文字和粗浅的个人情绪。亦不敢奢望自己的文字可以洋洋洒洒，文采斐然，登上大雅之堂。但，文字如一件外衣，穿上它你就是自己的女王，可以肆意在自己的国度里尽情挥洒。庆幸自己能够偎着文字取暖，在如歌的岁月中寻得一方净土，从容写下自己的那份随心和随性。此生，不求追名逐利，不求走得多远，只求心安。如此这般，便已足够。

情不知所起，一往而深。文字，你让我如此着迷。此生，只愿，做那个与你共舞的女子，怀着一颗淡然的心，释放自己，去铭记灵魂深处的惬意和感动。

暂且说我们都爱文字

在这个物欲横流的年代，许多看似美好永恒的东西经光阴打磨后已面目全非。但，作为承载人类情感灵魂的文字，却一直被人经久传承、生生不息。本是爱文之人，闲暇时更喜欢游弋于网络之间，写上几篇小文，识得几位友人，互相探讨，共获良知，倒也觉得受益匪浅、舒心惬意。然，形形色色的人接触得多了，难免会有许多无以名状的感慨缠绕心间。

——题记

一、喜欢文字，无关功利

总有人问我为什么写文，而我一直回答不出，亦如我无法回答春天为什么会来，花为什么会开一样。文字，已成了我生活中一道不可或缺的风景，它是我心灵的寄托、精神的慰藉，那种无形之美不是言语所能说得清的。

一直以来，在文字里，我觉得自己是一只起舞的精灵，在雪地上奔跑，追逐着自己的梦。徜徉在文字的海洋里，没有物欲横流的世俗诱惑，没有怅然若失的斤斤计较，有的只是丰富而不肤浅、恬淡而不聒噪、理性而不盲从的纯粹与温暖。

但也有一些人，对此并不赞同。因此，时常会收到友人苦口婆心的劝告："你不该这么迷恋文字，它如此廉价，不能供给柴米油盐。你应该回归现实，好过待在虚幻的文字里。"

我不禁反问："回归现实又能如何？"友人答："譬如逛街、唱歌、看电影、玩游戏，诸如此类。"我笑了，一时间无从言语。难道这些事情就非虚幻，就有意义吗？

其实，生活中许多事物存在的意义，是不能用功利的眼光来看待的。即便是一件再普通不过的东西，有些人觉得它一文不值，对有些人来说却是弥足珍贵的，因为那里倾注了他全部的情感。譬如文字，你喜欢它，只是单纯喜欢而已，或许只因它触动了你的心灵，给你送上了一份灵魂深处的温暖与慰藉。

美国作家哈特费尔德说："从事写文章这一作业，首先要确认自己同周遭事物之间的距离，所需要的不是感性，而是尺度。"诚然，这句话于我很受用。我清楚地知道文字只是一味调味剂，不是生活的全部色彩。我心中亦有一把尺，能随时丈量出文字与现实的距离。或许我不敢说，自己可以在两个迥异的世界里来去自如，但我能说，我并没有因为文字而遗弃自己的生活。反而，因有文字当作佐料，我的生活如那人间四月天，更加平添了一番别样的优雅韵致。

我选择文字，只是爱着，虔诚地爱着它，无关功利。如若，你也是爱文字之人，无须多言，相信你自能懂。

二、文字的路上没有捷径

记得很早便接触到诗人杜甫的那句"读书破万卷，下笔如有神"。我将这句话作为自己文字路上的良言。

一直觉得写文章不是一朝一夕、一蹴而就的事情，它没有任何捷径可走，只能靠平时大量的阅读、深入的思索、不懈的积累。“巧妇难为无米之炊”，唯有做到生平多阅历、胸中有丘壑，才能将自己的所看、所想、所悟、所感化作一段段优美文字飞扬而出。

然而，总有一些作者，并不懂得从创作本质入手，而是大言不惭地打着“天下文章一大抄”的旗号，将他人的成果占为己有。相信每一个写文章的人，都不希望看见如此现象。不管自己的文章是平庸还是浅薄，都是自己一针一线花费心血缝制出来的，其中各种滋味也唯有自己能懂。

虽然也时常听见“天下文章一大抄，看你抄得妙不妙”的说辞，但这些人只知“其形”而不知“其意”。不懂其意者，往往照抄照搬，东拼西凑。无疑，这最是不可取，一个有文品的作者，会对自己负责，同时他也会懂得尊重每一位创作者。

而会抄者，抄其思想，抄其精髓，汲取营养，消化吸收，然后补己之短，为己所用。以个人来看，会抄也是一门学问，也是一种学习之道。有了科学的方法，然后循规蹈矩，踏实做学问，日积月累，总有润笔流畅，文思泉涌之时。

文字的路上没有捷径，唯有多读多看，多写多练，方是成功之道。如若你懂，请和我一起乘风破浪、扬帆逐梦。如若有心，文字的种子就能生根发芽，春暖花开。

三、文字，各花能入各眼

网海茫茫，文人无数，目所及者，可谓百家争鸣，众芳斗艳。如若能海纳百川，集百家之长，取百家之精，互相探讨，共创新高，也不失为一种成功之道。但总有自命不凡者，刚愎自用，眼里容不得一粒沙子。

你总说“如此低俗的文章，却也有如此低俗的读者去追捧，真是滑天下之大稽”，而我却想说，古有云，桃花，喜爱者称为宜室宜家，不爱者弃之逐水飘零。各花入各眼，一切全凭个人喜好罢了。文字亦是如此。有人喜唯美，有人爱抒情，有人乐朴实，有人好古风，一千个读者就有一千个哈姆雷特，任何一种文风都有其存在的价值，为什么非要用你的一己之私去左右别人眼中的风景？在你看来一文不值的地方，在别人眼中也许是一处胜地，或者风景独到，美妙的风景只在每个人自己的心中。

记得我曾经在一篇文中，写过这样的一段话：如果你的文字是华丽精致的，读者得到了美，懂得了欣赏；如果你的文字是风花雪月的，读者得到了憧憬，懂得了缠绵；如果你的文字是真情演绎的，读者得到了温暖，懂得了爱与被爱；如果你的文字是告诫世人的，读者得到了哲理，懂得了真谛。

是啊，仁者见仁，智者见智，海纳百川，有容乃大。每个人都是自己的王，借用文字去表达自己的心情，高深也好，低俗也罢，都是灵魂的载体，心灵的诠释。不论是非，无关对错，只要用心去抒写，每位作者都是值得尊重的。

我本是文字间行走的一个平凡女子，无意与谁针锋相对，比个高下，拼个输赢。只想在自己的一隅之地，写浅浅的文字，记载淡淡的情怀。如若你懂，我虔诚欢迎。

文字的力量是神奇、永恒的。它是人思想的传递，也是人灵魂的永恒。如果你也真的热爱文字，请尊重文字，尊重每一个热爱文字的人。

我打青春走过

细数光阴的脚步，记忆似乎最为奢侈。很多时候，以为它们如一阵风，早已在城市的烟火气息中，在喧闹拥挤的人群里，一点点被消磨殆尽了。而今，才知道有些记忆如刺青一样，永远铭记在人的心碑之上，任由时光漂洗、侵蚀，也模糊不了它曾经在心里凝结的痕迹。

——题记

我想，自始至终我都是一个内心柔软且喜欢念旧的人，以至于即便是在这个春光明媚的四月天里，再次听到“奶茶”刘若英的声音时，眼睛还是禁不住微微潮湿起来。

如果说一篇有生命的文章可以牵动你的呼吸，那么一首歌曲就有让你不可抗拒的魔力。它可以在闯入你的耳中的一刹那，慢慢牵出一幅幅久违的画面，唤醒那些沉睡了很久的记忆。闭上眼，一种遥远而又熟悉的莫名情愫，如小溪般汩汩流进我的每个细胞。我想，这一刻，我嗅到了青春的味道。

犹记得，在那段如烟花般短暂的青葱岁月里，我曾经疯狂迷恋“奶茶”那温柔而干净的声音。在凉风习习的午后，在春雨绵绵的深夜，在泛着黄色光晕的空房子里，我一遍又一遍地沉醉其中，品味着丝丝缕缕的沧桑和迷离，体会着心灵中纤弱的喜怒哀乐。

“奶茶”，一个固执到偏执，偏执到痴狂的女子，于音乐，她有着飞蛾扑火的狂热；于爱情，她有着不死不休的执着。她的爱情，铺天盖地，洋洋洒洒，整个世界都看得到，可又有多少人是真心为她祝福的呢？又有多少人不是转身后对她嗤之以鼻呢？即便她知道在最无可能交集的两个人面前，谈爱情似乎是最可耻的。可是，爱情来了根本挡不住，想必这样一个女子注定是要为爱而生、为爱而狂的。

韶华易逝，光阴滚滚而过，仍记得很多年前的那个午后，她是以怎样的姿态触动了我。那时的我，刚刚结束一段感情，郁郁寡欢，极欲躲避每一个喧嚣之处，于是当我拖着沉重的脚步走进了书店，在随手翻阅的一本杂志里，邂逅了这个女子。在那一刻我才知道，原来世界上也有与我同病相怜之人，甚至比我更忧伤，更落寞，更偏执，更狂热。在那一刻，我的一己之悲和她浩浩荡荡的忧伤相比，似乎没有了意义。我找到了排遣忧伤的理由，而后那些缠绕着我许久、纷乱又矛盾的心结，逐渐解开了。

我开始更多地关注这个突然闯入我的世界的女子，似乎整个青春都与她缠绕在一起。这个女子，一路高唱着自己的爱情，轰轰烈烈、不死不休、抵死缠绵。她爱到极端，她唱得歇斯底里，她不计前嫌，她不问后果，她用心呐喊自己的青春，她用音乐承载自己的灵魂。那是怎样的一种爱？又是怎样的一种痛？

“想为你做件事 / 让你更快乐的事 / 好在你的心中 / 埋下我的名字……”你看，她爱得那么卑微。即使光环萦绕，声名远扬又如何，她也只是一个凡人，想要的无非只是爱情里卑微的一席之地，可是这一切却离她无比遥远。

“如果爱情这样忧伤 / 为何不让我分享 / 日夜都问你也不回答 / 怎么你会变这样……”你看，她爱得那么无奈。她跳进了逼仄的爱情牢笼里，拼尽了全力去寻寻觅觅，可是爱情回应她的只是沉默而已。

“真的想 / 寂寞的时候有个伴 / 日子再忙 / 也有人一起吃早餐……”你看，她爱得那么落拓。她想要的爱简简单单，不是花前月下的浪漫旖旎，只是一粥一饭的淡淡相守，如此简单，却是她奢求不来的。

……

爱情是红尘中一个不老的话题，爱情亦是生活中最难跨越的一道门槛。行走在漫长的旅途中，必然记载了许许多多为爱痴狂的故事。

若没有爱，是不是就少了一代大师金庸笔下杨过与小龙女的风花雪月、儿女情长，如何供世人经久传唱呢？

若没有爱，是否一代才女张爱玲就不会用低到尘埃里的语调说：“生在这世上，没有一样感情不是千疮百孔的。”

若没有爱，是不是因一句“且行且珍惜”将自己推到舆论的风口浪尖的马伊琍，面对媒体追问，就不用尴尬到无言以对呢？

或许爱情，是缘分使然，更是命中注定。即便是砒霜毒药，每个人也要穷其一生去尝一尝。只有真正爱过方知情重，只有真正经历过方能懂得。

还记得张小娴说过这么一段话："当别人说你看起来总是那么平静与淡然，只有你自己心里知道，而今的平静与淡然是用多少眼泪学回来的；此时此刻的波澜不惊，又是曾被多少波澜几乎淹没过。生命中所有的挫折与伤痛、所有的经历，都是为了造就你和锻炼你。不要总说岁月残忍，它其实温柔了你。"

是啊，岁月真是奇妙的东西，它能让所有的过不去都能成为过去，所有的刻骨铭心都变成云淡风轻，所有的恩恩怨怨都一笔带过，化为乌有……或许爱情里，对错本无答案，经历过便已足够。几度春风笑过，三千繁华都成过去，又何况是短暂的爱情呢？

雪小禅说："最快的东西一定是光阴，才青涩茫然，小试新春。转眼就秋天，柿红如霜。"是啊，那些光阴的碎片我们还来不及拾捡，恍然间已飘过去多年。只是，后来的后来，那个为爱痴狂的"奶茶"终于放下了执念，嫁作他人妇。后来的后来，我也走过了青春，摒弃一身稚嫩，不再与自己为敌，不再和生活两败俱伤。后来的后来，终于不用在遇见与失去的风景里低吟浅唱。后来的后来，终于不用为爱痴狂而弄得遍体鳞伤。可是后来的后来，却再也回不去那一字开头的年纪。

那一年，我打青春走过，铃音清悦，鲜花正开；那一年，奶茶香气四溢，回忆很清晰……

毕业季，毕业祭

一

习惯将那些过往的岁月按时间顺序整理在一起，之后再次翻起回忆时，仿佛整个人还在那些旧时光里，不曾远离。

6 月，盛夏，杏子泛黄，麦浪滚滚。风一路缠绵向北，温润着毕业的气息。这个季节，大部分的城市都开始炙热起来，走在被烤得滚烫的柏油路上，不禁想起校园里的鹅卵石小路，每到夏天，也像这样散发着焦灼的味道。就在这一瞬间，记忆开始迅速倒退。那些青春，那些回忆，那些淡然如水的时光，开始像潮水般向我涌来。

那一天送你送到最后/我们一句话也没有留/……/当你背上行囊卸下那份荣耀/我只能让眼泪流在心底/面带着微微笑/用力地挥挥手/祝你一路顺风/当你踏上月台从此一个人走/我只能深深地祝福你/深深地祝福你最亲爱的朋友/祝你一路顺风……

依稀记得去年的这个时候，也是这样的一个盛夏。我拉着沫沫的手，顶着大大的太阳，奔走在校园里，教室、图书馆、操场……咔嚓咔嚓，恨不得将校园的每个角落都收进相机，无暇顾及额头滑下的汗滴。似乎有些讽刺，不明白为什么，曾经觉得一无是处的校园，一到假日就想逃离的校园，在那时变得如此美丽，突然要离开了，竟然有些不舍。

想起再也不用为了逃课找各种各样的理由，再也不用为了应付考试而临时抱佛脚，再也不用听着不喜欢的课程而犯困偷懒，明明应该高兴啊，但胸前左侧那个位置，却有一股隐隐的痛，仿佛在被一点一点地掏空，难以名状地空虚失落。

曾经单纯地以为毕业很远，我们还有大把的时间可以去挥霍，去欢笑，去追求。而此时，看着曾经朝夕相处过的人一个个退出自己的视线，即将散落在天涯，心里陡然升起一种无名的悲壮感。原来毕业只是短短一瞬间就能完成的动作，而那些时光也成了没来得及写完整的试卷，匆匆开始，匆匆结束。

你看，人总是这般后知后觉，总是在得与失之间惆怅徘徊，总是等到失去了才默然落泪、暗自嗟叹。

二

这个季节，办公室里的绿萝愈发旺盛起来，叶子青翠娇绿，几乎覆盖了整个挡板。是的，一年的时间足以改变很多东西，彼时那么柔弱的一株植物，此时已这般旺盛充盈。

毕业后，学生生涯悄然画上了句号，青葱岁月也不复再来。带着留恋，带着不舍，带着懵懂，在光怪陆离的社会中小心翼翼地行走着，寻找着自己的生存方式。忙碌的日子让我们再也无暇顾及过去的种种，偶尔想起也只是放逐于心，淡然一笑。

毕业后，你变了，我也变了。我们在社会与时间的洗礼中逐渐蜕变，都不再是青春年少时的模样，仅是一个转身，那些懵懂与孩子气，那些云淡风轻的日子，已远在天涯，能够永恒的，只是那些最初的回忆。

毕业后，往事渐渐变淡，人与人也慢慢疏远。曾经那些笑脸仿佛也变得模糊，不再清晰。只有在偶尔翻开的毕业照里，依旧会想起去年我们毕业时的场景，那些毕业前夕的狂欢，那些淡淡的同窗情谊，那些一起放肆欢笑、相拥而泣的日子……

三

“请相信被记住是一件温暖的事情，不要被时间打败，毕业不是分开的理由，世界越来越小，只要有心，时刻都能在一起。”忘了从哪里看到的这句话，只记得自己被它深深感动了，仿佛所有的过去与离别在它面前都是不值一提的事情。我并不是个冷漠的女子，愿意相信世上一切温暖的东西。于是，我也开始这样坚信，只要有心，时刻都能在一起。

那些彩色的岁月，早已在记忆中留下了深深的印痕，随着时间沉淀凝成水晶，在忙碌的日子里，它们是我们的证据，也是我们的回忆与慰藉。而我能做的也只是用手指敲击键盘，让心情肆意流淌，用文字将这一切妥帖收藏。

尽管情绪酝酿了很久，思想也斗争了很久，但是真正提笔写下来的时候，才发现依旧没能摆脱下笔的沉重感，虽然我很想把这一段纪念大学的文字写得欢快些，再欢快些。

或许这并不是悲观，只是一种人生常态。这些相聚与别离，是我们必须学会面对与承受的。而我只能说，再见吧，我的大学。再见吧，那年的旧时光……

无悔走青春

曾经走过的年华，或许在时间铁蹄的践踏下早已支离破碎，但青春在我们心里刻下了一道永不风干的印记，一笔一画，清晰无余。多年以后，当我们再次回首时，就像看一部古老的电影，依旧黑白分明，情节如初。

这个五月，青春似乎是躲不开的话题，各种各样关于青春的字眼在各个角落里开了花，一点一滴牵动着心，颤动着思绪。这个五月，青春的氛围似乎格外浓厚。伴着一阵阵隐隐的心痛，看完了《致我们终将逝去的青春》。细细想来，这部电影票房过亿的原因或许并非是它拍得有多让人叫绝，而是因为“青春”这个字眼太过感性，太过令人缅怀。多数人无非也和我一样，只是想借着这部剧重温过去，借以怀念一下当时年少的自己，因为那样的青春，我们都曾走过，那样的心情，我们都曾有过。

看了此剧的人，有的说，青春是用来怀念的。也有人说，青春是用来追忆的。而我却想说，青春除了怀念与追忆以外，它也是用来成长的。青春，匆匆到来，又匆匆离去，为的只是给我们上一节叫作成长的课。年少时，我们不懂得青春，肆意挥霍，总觉得它一文不值，将它消耗殆尽后，再回头看，才发觉它是那么弥足珍贵。若干年后，过尽千帆才明白，或许这就是成长，而成长的代价总是要失去一些东西。因为失去，所以懂得；因为懂得，所以成长；因为成长，所以无悔。

那个勇敢痴狂的郑薇，那个天真倔强的小飞龙，那个不顾一切上台唱《红日》的女子，拼尽了青春，流干了眼泪，却换来了喜忧参半的结局。可悲的是她的爱情之花以枯萎终结，可喜的是破茧成蝶之后她蜕变成了那个成熟稳重、落落大方的郑秘书。最后的最后，郑薇感到的不是痛苦而是释然，她彻底原谅了那个陪她走过美好青春却又辜负了她的男人。或许一路走来，这其中的百般滋味只有郑薇自己知晓，也只有她自己明白这些蜕变是青春，是眼泪，是心碎换来的。但是郑薇是无悔的，因为她爱的时候义无反顾，哭的时候淋漓尽致，她的爱是如此圆满无憾。

时光的纸笺，在青春辗转而过之时，留给我们的不是沧桑，而是落叶的静美，我们失去了青春，却也收获了成长。也许一个人年轻时总有一段感情放不下，硬生生搁置在那里，蒙了灰。总有一个人的影子在我们心里藏了许多年，不曾被提起，却也不会被忘记，他只是那样真实地出现在我们的生命里。任时光变迁，岁月荏苒，无论曾经他是如何在我们心里插上了重重的一刀，又或者留下了怎样的千疮百孔，我们依旧会坦然面对告之以微笑，报之以回忆。因为我们的青春，他们陪我们走过，虽然没有走到最后，但我们是如此庆幸，在一生中最美好的青春里，有他们来过的痕迹。

那个曾陪我走过青春的人，多少年后，哪怕我们已垂垂老矣，白发的我也会记得白发的你，因为你是我的青春存在过的证据。

那个曾陪我走过青春的人，若有一天在街上遇见你，我仍然可以用一颗坦然的心来面对你，因为我没有愧对自己的感情，无悔整个青春。

那个曾陪我走过青春的人，等有一天牙齿秃秃，腿脚颤颤，我还是会笑着想起你，因为我的青春，我无悔地走过。

春暖花开，我等你来

人间最美四月天。4 月，催开了桃花，明媚了芳华。今天，我就站在这一片桃林中，对着亲爱的你，轻轻地呼唤，等待你的到来。而此时，我亲爱的兵兰姐姐，在这春暖花开的季节里，你是否听得见，我对你的爱之唤语。

3 月，网海中，文字里，我与你不期而遇。你说，虽未曾谋面，也未有过只言片语，却一见如故，像是结识已久的知己。缘分妙不可言，遇见不偏不倚。一次萍水相逢的遇见，却让你我敞开心扉，走进了彼此的心里。

“温馨兵兰”是你的网名，用在你身上很是恰如其分，因为你就是如此温馨的女子，乐观自信、热情洋溢。记得第一次看到“兵兰”这个名字，我就问你：“姐姐是军人吗？”你笑着回应：“不是的，我什么都不是，就是一个平凡的打工者，没有高学历，但我就是我，独一无二的我……”虽是短短的几句话，却让我的心灵受到了深深震撼。这就是你，我的兵兰姐姐，不娇柔，不做作，从容优雅。“无须仰望他人妇，自己亦是风景。”从此，我在心里便记住了这句话，也记住了这个独一无二的姐姐。

桃之夭夭，灼灼其华，姐姐，你就是这四月里的桃花，坦坦荡荡，倾心醉人，令我折服。我惊讶你写文的速度，每天的空间里都是“海量”的原创文章，细细品读，没有夸夸而谈的哲理大论，也没有华丽唯美的风花雪月，只有贴近生活的点点滴滴。工作、生活、婚姻、家庭、朋友、文字，你的喜怒哀乐，你的内心独白，一切支离过往都能被你轻易捕捉，于笔下定格。你是有多热爱生活，才能将这点点滴滴，串成诗篇，写成回忆呢？你又有多坦荡，才能从内心深处剖析自己，正视自己，展示自己呢？你的坦荡，你的勇气，于我，真的是望尘莫及。

越靠近你，越喜欢你，一些流淌在内心里的莫名的震撼与感动在悄然生长，不断地激荡着我的心灵，我想我沉醉了，折服了。

姐姐，你似桃花，又胜桃花。花本无心，而你却有情。你的一篇《为你的双腿，祈祷》，感人至深，让无数读者落泪。后来我才知道，这是写给一个叫媛儿的姑娘的文章，正值花样年华的她，意外遭遇车祸，如今正在病房里，面临着随时有可能失去她美丽的双腿，永远无法站起来的残酷事实。姐姐，你说你与媛儿不是母女，却胜似母女。你说媛儿是你的第二个孩子，你会用爱感动苍天，相信她一定会站起来！在这个物欲横流的社会，这样的真情实在难得。隔着茫茫网海，一抹真爱在网络里开了花，越来越多的网友在你的感染之下，也纷纷为媛儿送去祈祷与祝福，姐姐，我想你就是创造奇迹的天使，上帝若能听到大家的祈祷，也定会让奇迹与你相遇满怀，而媛儿也一定能重获如花笑靥。

桃花虽美却有凋零之时，热情似火的你也有情绪低落的时候，你说你很忙，你说你很累，你说原本以为自己真的有男人般的坚忍，其实，卸下伪装，才发现多半时间的你都是脆弱的。你说写文的女子大多是忧郁的，因为她们有着一垄无人剖析的心情，与爱情、婚姻、家庭有关，世上无完人，更没有十全十美。所以，她们笔下的文字大都与忧伤为伍，与沉沦为伴。姐姐，我不知道你的忧伤从何而来，也不知道你为何忧伤，我只知道快乐才是人生的主旋律。阴云总会散，春天总会来，花朵终会开。姐姐，既然岁月给我们一方晴空，就让我们带着一颗明媚如初的心，去看尽人间旖旎美景，好吗？

姐姐，依然记得你曾写过一篇《你是我萍水相逢的温暖》的文章给我，你说溪儿是个温暖的女子，给人以温暖。那么姐姐，我愿用我这颗温暖女子的心，去融化如冰的你，带你走出雾霭迷茫，带你在平淡的时光里细数人间烟火，不要远离我，也不要拒绝我，用发现美的眼睛去看世界，这个世界依然明媚。

姐姐，你看春暖花开，莺歌燕舞，又是一年春意盎然的时节。桃花开了，好美，令人心醉，此刻，你是不是也沉醉了呢？此生，我们是永远的好姐妹，我以妹妹之名对你轻轻地呼唤，呼唤我温暖的好姐姐早日走出阴霾，安然归来……

聚散随缘，勿忘心安

经历了世事变迁，我们终于明白，不是所有的爱情，都能修得白首同心；亦不是所有的友情，都能求得美好圆满。人生，就是一场修行，总要和无数人相遇、擦肩、分离、疏远。也许这些人只是陪你在人生路上走了一小段的路程，但你的内心依然要充满感激，因为你人生旅途的绚丽，往往是由这一小段、一小段的记忆拼凑而成的。

慢慢地才知道，不是真心付出就能换来相同的回报，于是我学会了坦然；慢慢地才知道，不是一句爱了就能抵达永远，于是我学会了放手；慢慢地才知道，有些解释永远是多余的，于是我学会了沉默；慢慢地才知道，属于自己的东西随时可能会失去，于是我学会了珍惜；慢慢地才知道，在现实面前，我们只是一粒尘埃，于是我学会了爱惜自己；慢慢地才知道，生活就是一场单人旅途，边走边唱，才能看清最美的风景。

不是谁多情，亦不是谁薄情。世间的事情，从来就无章法可循。生活中总有一些人来来往往，分分合合，或偶遇，或擦肩，或驻足，或相守，过客经过时间沉淀可以成为朋友，朋友经过时间流逝亦可以转身变成过客。其实，人生不过是一场即兴旅行，你路过我，我路过你，然后各自告别，各自修行。不同的是，有些人在你的行程中停留许久，有些人只停留了瞬间。得与失，人生常态，有因有果，一切无可避免。而我们只能说，你若一直在，我便一直爱；你若挥手再见，我道声珍重永远。

看多了人情冷暖，读多了生死聚散，终于知道，原来人生，兜兜转转，不过一场欢喜闹剧。看的人图热闹，演的人为修行，散场过后，冷暖自知。人之所以不快乐，就在于自己入戏太深。明知是错，依然执迷不悟，与已为敌，甘之如饴。如若每个人都能以平淡之心看待万物，又何来悲喜，何来失去？何来相聚，何来别离？

有的人，你拼尽了全力也换不回他（她）的一次回眸，而有的人即使你不言不语，一颦一笑全在他（她）的心里。有的人让你伤痕累累，你却捂着伤口假装不痛，而有的人为你卑微到了尘埃里，你却假装看不见。人总是如此，喜欢追逐着自己的追逐，伤害着他人的伤害，自己被别人无情伤害的同时也深深地伤害着别人。爱情的世界也是公平的，如若每个人都能回头看看身后的人，则爱情无伤，天下太平。

爱一朵花，并不是要将它从枝头剥离，占为己有，只需远远驻足，静静观赏。爱一个人，并不是要试图将他（她）变成自己所想的样子，而是用心去接纳他（她）的全部。不是每一个赏花之人都惜花，不是每一个说爱之人都懂爱，懂得欣赏是一种静默的美，隔着恰到好处的距离，别让你的爱用错了方式，也别让爱成为最终的负担与伤害。

有时候幸福很简单，简单到两个人可以挤在一间小小的出租房里，为一粥一饭精打细算，没有财富，没有争吵，有的是一个懂得的眼神，一个深情的拥抱，一段其乐融融的记忆。有时候幸福却又很困难，困难到纵使住的是临海别墅，吃的是山珍海味，一颗破碎的心终难敌孤寂荒凉。两个人心若近了，相隔天涯亦像咫尺；心若远了，即使互相拥抱也是彼此疏离。这个世上从来不缺幸福，缺的是懂得珍惜它的人。

也许人生就是一次次欢笑与流泪的过程，走遍山山水水，见过花开花落，我们才能慢慢长大，慢慢成熟，直至老去。阴晴圆缺乃人生必不可少的经历，未经风雨的洗礼，怎能见到彩虹的绚丽？眼因多留泪水而愈益清明，心因饱经忧患而愈益温厚。告别一段过往，整理好心情，接纳自己所有的完美和不完美。

纵使光阴凉薄，我依旧是尘世里的痴迷客，贪恋着那份烟火况味与清欢。或许时光赠予我们的，不仅仅是四季轮回，花开花落，更多的是那份宁静与安然。无论我们走过多少路，看过多少风景，留到最后的才是最好的。亦如爱情。无论我们爱过多少人，被多少人爱过，陪你走到最后的才是最合适你的。像阳光，像空气，虽不能惊艳双眼，却踏实稳妥，绵延一生。

当你迷惘时，别人也许正在追梦的路上奔走；当你流泪时，别人也许正在温暖的阳光下欢笑；当你失眠时，别人也许正在美丽的梦中沉睡。生离死别、喜怒哀乐，从来都是你一个人的事情，别人也许会同情你，会心疼你，会懂你，却永远无法代替你。一些痛苦只适合珍藏在心底，一些故事只适合泛黄成记忆，而你的生活最终还是要靠自己去演绎。

有时候，即使置身繁华喧闹的街市，也总有一瞬间能让人感觉到孤单。亲情不能永伴左右，爱情不能代替一切，友情不能随时出现，唯有影子才能与自己不离不弃。或许，孤独本身就是人生的一种常态。有些路注定要一个人走，有些风景注定要一个人去看，学会坦然行走，享受孤独，在孤独的路上去欣赏不孤独的风景。

那些走过的路既已不能重来，又何必转身回望，滞留原点。你要知道，伤疤每一次重新暴晒都需要比以前更多的勇气。或许我们应当把精力放在当下能够改变且在乎的事情上，比如认真生活，努力微笑，比如珍惜良人，完善自己。至于无力回转的过去，不如化作风，由了它去。

当你惆怅时，有人告诉你，别忘了阳光。当你流泪时，有人告诉你，别忘了坚强。其实，话语再入心，主角终不是自己，旁人又怎知你走过的路，你心中的乐与苦。站在十字路口，该哭还是该笑，该舍还是该留，终要取决于自己的心。听心说话，跟着心走，用你喜欢的方式去生活，这就是幸福。

想寻得一处蹊径，临水而居。没有惆怅，没有忧伤，没有挥之不去的荒凉。纵使在孤单中流浪，亦会开出绮丽的梦想，哪怕做伴的只有清风与斜阳。若天高日暖，就拾捡阳光，静赏流云。若雨落芭蕉，就独坐一隅，倚窗听雨。若风吹影动，就煮字为酒，且听风吟。若流年有爱，就面朝大海，心随花开。若光阴逝去，就不悲不喜，珍藏过往。若素心如简，就默默无闻，丰盈圆满。晴天有时，阴雨有时；相聚有时，别离有时。如若有心，你总能找得到属于自己的那片蓝天。

春有百花秋有月，夏有凉风冬有雪，每一个季节都有它自己独特的风情。如果夏天不再有燥热，不再有蚊虫，不再有蝉鸣，那么夏便不再是夏，而失去了它独有的韵味。如果四季是一首诗，那么平仄律动、悲喜交加才是生活真滋味。

红尘俗事，总有千万般不尽如人意。在忧郁、烦躁、苦闷时，就看看窗外的树吧，它如此静谧，如此淡然。没有谄媚，没有逢迎，没有颠沛流离，只是默默地站在阳光下，站在风雨里，即使历经几个世纪成为枯藤，也依旧能记得时光走过的痕迹。如果有来世，就做一棵树，不闻流言，不求惊羡，用一袭禅者的姿态，坚守纯净素朴的瞬间。

终有一天，我们会变成自己喜欢的样子。沐浴在温暖的阳光里，浅笑不语，随欲至欢。不再依靠什么，不再寻找什么。不再和自己交战为敌，不再和生活两败俱伤。不再为风吹草动的言行或喜或忧，不再为遇见和失去的风景低吟浅唱，不再为过往的缠绵旖旎偏执成狂，不再为飞蛾扑火的执着遍体鳞伤。如若那一天还未到来，请欢喜等待，在此之前，请记得善待自己的每一天。

经年流光，墨韵成香

不大不小的世界里，你遇见了谁，而又错失了谁？多少人在你的身边来了又往，聚了又散？又有多少人与你一朝相遇，从此相知相惜，相守天涯？身边的朋友换了一拨又一拨，每天有新人来，也有旧人离开，而那些为你驻足停留，陪你风雨同舟的人，才是真正值得你去珍惜拥有的。无论是网海中的相识，还是文字中的邂逅，我庆幸这么久了，身边的你，还有你们，一直都在，未曾离开。君子之交淡如水，携手红尘莫相忘，感谢清浅的时光里，有你们一路相伴。

有些人，走着走着就走进了心里。有些人，走着走着就淡出了视线。有些人，认识了一辈子，却只若初始，难以交心。而有些人，一朝相识，恰似故人归。如果说人与人之间的相遇靠的是缘分，那么人和人的相处，靠的则是一份真诚。不要将别人的给予当作理所当然，不要一味索取而不知回报，不要以为别人对你的好是取之不尽用之不竭的，再浓的感情也禁不起挥霍浪费。以真诚换真诚，用真心交真心，珍惜才是永远，感恩才是快乐。

你望她遥不可及，如梦如幻，不可触摸。你看她高傲凉薄，不予人喜，不予人悲。你说她自满自负，为赋新词强说愁。其实，她的苦你不知，她的痛你不懂。你不是她，焉知她的思绪。你不是她，怎知她走过的路，她心中的乐与苦。一朵花的绽放，并不是轻而易举的事，你只看到她华丽转身，却没看到她背后不为人知的眼泪。所以，永远不要去羡慕或者嫉妒一个人，世上没有“凭什么”，只有“为什么”。

其实，每个人的生活在本质上没有太大的差别，起初都是清淡如一杯透明的水。只是有些人不甘于平淡寂寞，便不停地往自己的杯子里添加佐料，久而久之，生活就成了一杯苦酒或毒药。而那些没有过多贪念和杂念的人，会守着一个人的清欢安稳度日，活得简单而纯粹。无论走得多远，无论岁月如何变迁，请记得回头告诉自己：不忘初心，方得始终。

最脆弱的永远是人心，经不起触碰打击，也受不了过分的温暖。最残忍的永远是距离，太近了会扎人，太远了会伤人。刺猬在天冷时彼此靠拢取暖，但又时刻保持着一定距离，以免互相刺伤。人与人之间亦是如此，不必靠得太近，不浓不烈，不增不减，不愠不火才是最完美的距离。这种距离，看似刚刚好，实则最好。

人生是一场散场电影，失去的不能重来，重来的亦不再完美。心碎一旦超过了极限，用多少岁月都无法完全愈合。记忆里碎落的画面，用多少温情也拼凑不回昨天。所有的故事，都有一个最终的结局。但幸运的是，在生活中，每个结局都会变成一个新的开始。

生活需要独自品味，人生需要慢慢沉淀，保持自己最满意的优雅姿态，让心底开出一朵花。无须仰望别人，自己亦是风景，你是自己，你无须变成谁。做个安静的女子，守候在岁月的边缘，保持着如水的心性，于角落里寂然成长，扫尽尘埃；做个细微的女子，不在轰烈中昂首，独在平淡里慢行，于细微处捕捉美好，拥有一颗感恩的心；做个不争的女子，保持着独立的品格，明月装饰了你的窗子，你装饰了别人的梦。

一个人的时候，我喜欢发呆，学会了臆想；两个人的时候，我成了疯子，开始喋喋不休；三个人的时候，我学会了有一搭没一搭地插嘴敷衍；四个人的时候，我开始远远观望，静静聆听；一群人的时候，我彻底学会了沉默……孤单是一个人的狂欢，狂欢是一群人的孤单。这世间的事，可以当真，亦可以不当真；这世上的人，可以全信，亦可以全不信，一切听凭自己的心。听心说话，让心起舞。心会告诉你，该做些什么，该听些什么，该喜欢些什么。

谎言再美，终是谎言，借口说得冠冕堂皇，也只是自欺欺人而已。喜欢，就是看到对方美丽的一面而心动。爱，就是看到对方最差的一面依然义无反顾。喜欢你的人，会赞美你。爱你的人，却会懂你。雪中送炭远比锦上添花要真，一个懂得的眼神远比一句虚妄的谎言更有价值。爱一个人，与其处心积虑地去讨好，不如用心去学会懂得，懂她（他）所想的，给她（他）想要的，这段爱情才能够长久。

那些自己曾经念念不忘的人，随着时间在掌心划过以后，渐渐模糊不清了。那些自认为最刻骨铭心的记忆，随着时间一圈一圈地溜走，渐渐再也不见了。人总是这般后知后觉，总是在得与失之间惆怅徘徊，总是要花很长很长的时间才能学会成长。

在兜兜转转中明白，无欲无求才会快乐。在百转千回中惊觉，下一站才是幸福。没什么是过不去的，过不去的只是自己的心。没什么是大不了的，只要不给自己添栏设栅，只要不给自己施压加力。摊开掌心对着天空，世界依旧明媚，温暖如初，我相信，并深信不疑。

我在想你时，你恰好也在想着我，这就是幸福。懂得就是如此，即使你不言，我不语，却也能知晓彼此的心意。那些彩色的岁月，早已在记忆中留下了深深的印痕，随着时间的沉淀凝成水晶。世界很小，只要有心，时刻都能在一起。

可否许我一剪安静的时光，徜徉于碧海蓝天之下，撑蒿寻梦，流浪天涯。不去想，远方的路还有多长。不去管，那花前月下，是真亦假。如若可以，只想做一个安静独行的女子，踏过春秋与冬夏，笑看一刹那的芳华。若有一天，经过你门前，我不是归人，只是过客。

岁月总是太过匆忙，往事已不知，蒙上了几多风霜。连途中的风景，来不及回顾，便凝成了一堵时间的墙。如果说追忆注定只是怅惘，又何必为远去的旧时光，黯然神伤。不必惋惜，无须怨言，淡看经年沧桑，笑望凡尘过往，在清浅的日子里，对自己说，我安然无恙。

向日葵告诉我，只要努力朝向阳光生长，日子就会变得单纯美好！蝴蝶告诉我，只要学会忍受疼痛，就有破茧成蝶重获生机的那天！樱花告诉我，只要甘于寂寞，即使芳华尽散，也可以美得无懈可击！于是，我也告诉自己，只要心存希望，梦想就永远不会落空。

秋风吹走了花的清香，却带来了落叶的静美。时光掠去了心中的执念，却沉淀出了成熟的美丽。行走于流年里，微笑是行者最美的姿态。若不想被情绪左右，不想被纷扰羁绊，那就在安静的角落，做一株向日葵，沿着阳光的角度生长，顺着阳光的方向攀缘，让明媚包裹阴霾，让快乐替代忧伤，面朝阳光，温暖自己。

秋去冬来，叶落成泥。一季的到来，便是上一季的离开。这是个温情的季节，适合静坐一隅，倾听爱的声音。你听，叶子在依依不舍地同枝丫挥手告别。你听，它正以蝴蝶的姿态坠落，无声地弹奏着一曲爱之离殇。你听，那欲说还休的呢喃情愫，说来世还要做你最爱的那片叶子。叶子的归去不是死亡的终结，不是记忆的消散，而是不言不语的守候。下一个春暖花开之时，相信总会有人将它从梦中唤醒，继续一场花开的美丽故事。

一半明媚，一半忧伤

有时，我们总想选择逃避，因为风浪太大，前行太累。有时，我们却又不得不选择面对，因为生活所迫，无路可退。于是，我们在纠结中不死不休，在伤痕中越挫越勇。久而久之，我们的心便生了一种病，一半是明媚，一半是忧伤。想要治疗此病，我们就需要准备两颗心。一颗心负责流血受伤，一颗心负责坚强宽容。

幸福和不幸，其实并没有明确的定论，它只是一种感觉。决定它的不是外在因素，而是你思想的高度。一念起，跳得出来，就靠近了天堂，跳不出来，就重归了地狱。每天给自己一个微笑的理由，即使错过了今天的太阳，你也要相信总有一缕阳光为你而绽放光芒。

在我没有真正卸下心理防线之前，请别靠我太近。在我没敞开心门将你划入我的朋友圈之前，请给我自由。我喜欢人与人之间淡淡相处，不会太累，也没那么多顾及。不会或浓或烈，若即若离。不会得而大喜，失而大悲。靠得太近总会生出罅隙，也许你不知道是在哪个深秋的黄昏里，就已经遗落了彼此。君子之交，淡淡如水，真正能够维系久远的，不是心血来潮，而是细水长流。

有人对你好，原因无非有三。一是因为爱你，想得到你的认可和回应；二是因为你足够真诚，只有真诚才可以换取他们同样的真诚；三是你身上存在着他们想得到的东西，对你好，也只是他们获取所需的一种手段。记住，没有人天生是欠你的，包括你的父母、兄弟姐妹和朋友。也没有人应该对你好，他们对你好，是情分，不是本分，千万别拿情分错当本分。

人生之路漫漫而长远，总会遇到阴霾甚至荒芜的桥段，一切无法避免，一切又不可或缺。你要相信，所有的痛苦只是为了丈量你前行的距离，所有的经历都是为了让你变成自己更喜欢的模样。怀揣阳光，才能心无负担，带着一份简约如水的心境上路，纵使周围是无边的荒凉与冷漠，你的生命也会是落英缤纷的四月天。

有时候觉得这个世界美好无瑕，而有时候又觉得这个世界阴暗无比。其实，善变的不是这个世界，而是人心。心若向阳，一切都是虚妄。心若宽广，人间自无伤。风吹残荷未必是荒凉，雨打芭蕉未必是惆怅，一个人的旅行未必是流浪……繁华三千，倘若你懂，缘去莫求。人情冷暖，倘若你懂，淡看过往。

烟花虽炫，不过转瞬即逝。人生虽美，不过弹指一挥间。世事无常，你永远不知道下一秒的自己会遇见谁，又去了哪里。唯有活在当下，人生才不会充满遗憾。别因过去忧伤满怀，别因未来惴惴不安，用一双爱笑的眼睛，去欣赏旅途中的每一道风景。

在这光怪陆离的尘世里，我们都需要拥有一种属于自己的生活方式，用来度过漫长的一生。或是一米微笑，一方热闹；或是一寸净土，一份心安；或是听雨研墨，扫雪煮茶；或是旅行摄影，流浪天涯……无论哪一种，都是自己独有的灵魂寄托方式。你无须模仿，也无须仰望，你与别人不同的地方，才是自己真正的精彩所在。

时间总是如此残酷，它让一些花还未来得及盛开，就过早凋零。它让相遇的一些人，还未来得及挥手告别，就从此下落不明。但时间也是仁慈的，它会让所有的过不去成为过去，让所有的放不下成为放下，让所有的不习惯成为习惯。不要总说时间无情，其实它是最好的证明和馈赠。只有经过时间的沉淀，你才能看得清最美的风景。只有经过时间的证明，你才能认得清最好的人。

亲爱的自己，因为是女子，可以不倾城，不倾国，但一定要冷暖自知，素心善意。言语无须柔美，衣着无须华丽，简简单单，浅浅淡淡，便是最美的你；亲爱的自己，因为是女子，无须财富名利于一体，看书、旅行，灵魂和身体行走在路上，便是人生最美的真谛；亲爱的自己，因为是女子，可以偶尔赌气任性耍脾气，然请你别忘记，生活不会因你的哭泣而停止继续。你要相信，日光倾城会有时，静待花开会有期，总有一缕阳光因你绽放暖意，总有一朵花因你而更加绚丽。

是否有一天，在雨露打湿的清晨，伴着天边第一抹光霞行走在繁华的巷口，在似海的人群里，猛一驻足，一回首，对上了一双明澈的眼。如此，在一秒钟的距离里，遇见你。是否有一天，在凉风吹起的夜晚，你迈着轻盈的脚步姗姗而来。飘在夜空里的片言只语，幻化成烟，似蝶翩跹。如此，在星光陨落的烂漫里，遇见你。假若有一天，没有迈着舞步与你擦肩，定会写下不离不弃的缠绵；假若有一天，没有看尽风景诉说再见，定会刻下无怨无悔的眷恋；假若有一天，没有消失在转身的瞬间，定会许下三生三世的誓言。一路追寻一程等待，我知道你最终会来。

幸福是一段时光，一程风景，夕阳西下，流水落花；幸福是一盏清茶，一首诗篇，如花美眷，似水流年；幸福是一条小径，一缕花香，知音相携，不诉离殇；幸福是一座小院，一方热闹，其乐融融，亲情缭绕；幸福是一个爱人，一米微笑，柴米油盐，相濡以沫；幸福是一种心情，一份心安，岁月不惊，我亦无恙。幸福如此简单，珍藏一点一滴的感动，又何惧一刹那不是芳华?

爱是什么？爱是两个人因缘分相遇时的怦然心动，是心灵契合时的相知相守。爱不是你侬我侬，花前月下。爱是寒暑更迭，一粥一饭。爱就一个字，看似简单，实则困难重重。两个人从相遇、相识、相知、相爱、相许、相守、相依，直到白发苍苍，垂垂老矣。这是一个漫长的过程，需要长期磨合、理解、懂得、包容、无怨、无悔。爱来时如花开绚烂，爱走时如花凋零，若你身边有位陪你一起风雨同舟的人，请一定好好珍惜。

时间都去哪儿了？时间留在了回忆的街头，丢在了成长的巷口。一路跌跌撞撞地前行，纠缠在欢笑与泪水之中，越伤越重，越挫越勇。

直到某天忽而转身，才看见那些残存的记忆早已被风干，而我们也不再是年少如初的模样。时间都去哪儿了？时间藏在了父母逐渐老去的容颜里，刻在了他们被岁月蹉跎的皱纹里。当你抱怨自己不是富二代、官二代的时候，当你责怪他们不够理解你的时候，当你大喊与他们沟通不了的时候，请回头看看，你现在的幸福，无一不是他们手掌的茧、斑白的发以及沧桑的眼换来的。时间都去哪儿了？时间啊，若你不能停留，那就请带我一起走，让我好好聆听你的每一分呼吸，每一秒心跳。

我们相见，忽而盛开

一

路不在脚下，而在心里。心有多远，路就有多宽。脚下没了路，还可以回头，转向，另辟蹊径。心里若没了路，就如置身迷雾之中，永远看不清尽头。你不是悲情主角，无须自怨自艾，删繁从简，给心一个出口，再坏的情绪也能变得美丽。

生活总是很戏剧化，你永远料想不到下一秒会有怎样的一幕上演。也许表面上对你掏心掏肺的人，不知何时就在背后捅了你一刀。你若没有足够的识人能力，那么就应有一颗强大的心。可以禁得起欺骗，受得住背叛，看得轻伤害，不忘初心，淡然处之。

曾经，喜欢一朵花开得绚烂，后来，喜欢一片落叶的静美；曾经，喜欢着素白纯净的冬，后来，喜欢风韵独厚的秋；曾经，以为最好的感情是十指相扣，白首不离。后来，知道最好的感情不过是一粥一饭，一朝一夕。或许，在时间面前，任何语言都会显得苍白无力。只有经过时间沉淀的，才是最美的东西。

金无足赤，人无完人。每个人身上都存在着或多或少、或明或暗的缺点。每个人都会老去，也终将拥有锈迹斑斑，靠药物去修补的残破身躯。我们又何必要求自己拥有的人、物、事都完美无瑕，没有缺点呢？看得惯残缺，是一种人生历练，更是一种智慧。学会忍让，懂得包容，纵然不完美，亦能是完美。

有一个自己的小窝，虽不豪华富丽，却足以休憩养心，遮风挡雨。有一份工作，不好亦不坏，基本能养得起自己。有几个朋友，不多亦不少，能陪你哭笑，读懂你的心事。虽不是富豪，但家人平安喜乐，闲适快意。简单的幸福，想想这般，便已足矣。感谢阳光，感谢大地，感谢时光，感谢更好的自己！

那些自以为割舍不断的牵念，顺着光阴的绳索，终于晃晃悠悠地攀岩而过。曾经坚硬如石的外壳，久而久之，打磨成了一团柔软的云朵。淡然、平和，是岁月的恩赐，是灵魂的丰盈，是朝夕里的心安。一程山水一程歌，生命最美的姿态和处境无关，却与心境有染！

皈依是给流浪的心找一个停泊的港湾，是给浮躁的心放一个假。皈依是删繁从简，放空思绪后的云淡风轻。是任它红尘滚滚，我自清风明月的淡定从容。皈依是一盏清茶，一方净土，一份心安。真正的皈依不是遁入空门，而是看透、看淡、自省、自足。

那些荒芜的日子，让我们终于学会了拒绝。比如，拒绝去做毫无意义的事情；比如，拒绝毫无回报的付出；比如，拒绝金钱的诱惑；比如，拒绝暧昧，拒绝虚假，拒绝悲伤，拒绝欲望。拒绝，让人清心寡欲，活得更为洒脱；拒绝，让人认清自我，生活得细水长流；拒绝，不是一种俗气，而是一种适可而止的美。

现实就是一场戏，看得太透的人往往不容易获得幸福。而看不透的人，又容易纠缠其中与自己为敌。所以，要想获得幸福，就必须既不太聪明，也不能太傻，介于两者之间，刚刚好。

所谓故事，总带有几分虚假的成分。其实，我们的人生又何尝不是一个故事呢？台前幕后，虚虚实实，谁又明了呢？听故事的人永远不明白，为什么讲故事的人讲着讲着就笑了。讲故事的人也永远不明白，为什么听故事的人听着听着就哭了。

最美的故事结局应该是，相见时分，微微一笑，波澜不惊，各安天涯。想与不想，念与不念，统统留在回忆里，待续。或许，没有结局的结局才是最好的结局，比浓墨重彩的渲染更令人回味。

这世界上总有一种人，他们在绝望中生出希望，在挫败中学会坚强；他们努力追逐，无悔活着；他们跌跌撞撞，做挚爱这个世界的人。与那些鲜衣怒马、功成名就的人相比，他们才是这个世界上活得漂亮的人。

当所有的言语都不足以诠释自己的心情时，那就学会沉默吧。沉默是阴雨过后的一方晴空，是历尽沧桑后的豁达一笑。沉默不是怯弱，不是人云亦云的附和。沉默是内敛，是懂得，是宽容，更是一种人生处世的智慧。

二

在最不懂爱的年纪去爱了，爱到极端，爱到歇斯底里，爱到花光所有的力气。在最该爱的年纪却又不敢去爱了，怕身负漩涡，怕不能自已，怕依旧无力改写结局。在爱情的沼泽地里行走，又有多少人为此身不由己呢？只愿有那么一种爱情，不是因为那个人有多少名利财富，也不是因为年纪到了便随便挑拣一个，而是因为彼此相爱，所以在一起，在一起，一直在一起！等到容颜迟暮，青丝染白，时光慢慢老去，还要在一起！

爱，其实很简单。就是在合适的时间，找一个合适的人在一起。春日赏花，夏日听雨，秋踩落叶，冬日踏雪，一起走过每个平凡而又不平凡的四季。倘若再加上理解、懂得、谦让、包容做调味剂，这条路会更加芬芳四溢。

缘分是个很奇妙的东西，它能将两个看似毫不相干的人牵系在一起。相遇、相识、相知……兜兜转转，一切的一切，都是因缘使然。你要相信，若是有缘，那个时光彼岸的人，不管暮雪千山，还是沟壑万里，终有一天会与你相见。

看过这样一句话，“我们从未在一起过”和“最后我们没有在一起”哪个更遗憾呢？其实，想来是后者吧！人总是有这样的共性，付出了就不甘心得不到同样的回报，相爱了就不甘心不能爱到最后。遗忘，是一个相当漫长的过程，因为会想念，因为会不舍，因为会不甘，所以连回忆都带着沉重的色调。即便若干年后一切成了云烟，但那些沉淀下来的记忆，被无意间触及时，还是会隐隐作痛。或许留白才是最好的故事结局，没有希望，就没有失望，更不会绝望。亦如顾城所说，为了避免结束，我避免了一切开始。

永远不要过于依赖一个人，因为他（她）一旦离开，你失去的不是某个人，而是整个精神支柱。当生命的底色变成一片灰暗，你该拿什么独自面对整个世界呢？姑娘，勇敢一些，愿你独立坦然地走下去。做自己的公主，宁可在自己的世界里孤独沉睡，也不要卑微地去迎接窗外的阳光。

总有些东西是你心心念念想要得到的，如闪着迷人光芒的钻石。可是，当有一天你费尽心思得到了，却发现那颗钻石不过是普通的石头。

过于美好的东西往往是短暂的，来时大张旗鼓，走时迅疾如潮。像昙花，像烟火，像泡沫，像青春，像人与人之间的初见。

你要相信，总会有那么一个人。他（她）会包容你的过去，接纳你的现在，参与你的未来。他（她）也许不是最好的，但一定是最适合你的。一条路走得太久，不懂得转弯，难免会撞几次墙。脚下的坑坑洼洼，不懂得绕过，难免会跌得鼻青脸肿。可是，没关系，你知道他（她）最终会来就好。

每个人身边都有自己的摆渡人，他们会在你落水时突然出现，又会在河的彼岸消失不见。他们不是备胎，而是你的摆渡人，带着你从痛苦的沼泽地，驶向明媚的百花园。学会以爱的名义感谢从你的世界路过的人，他们也许就是你的摆渡人。